目次

崔承喜考 ……………………………………… 野村　伸一　　*3*

榕城家常雑記（二） ……………………………… 岩松研吉郎　　*20*

再訪 1984（一） ………………………………… 金井　広秋　　*25*

わが日わが夢（二） …………………………… 金井　広秋　　*48*

朝鮮半島の積極的平和を考える 続 ………… 野村　伸一　　*55*

しめぢ帖・抜書：1711 〜 1802 ……………… 岩松研吉郎　　*67*

2 号後記 …………………………………………………………… *72s*

JN208361

崔承喜考

野村伸一

1 東アジア女性論の一環として

　日本によるアジア太平洋戦争と戦後の東西冷戦により東アジアの社会と文化は分断された。とくに中国と台湾、北朝鮮と韓国における分断は新冷戦の状況を呈していて安定的な平和はほど遠い。こうしたなか2018年1月、10年の間隙を置いて朝鮮半島の南北対話局面が再開された。日本はこれを温かく見守らなければならない。ところが、2018年2月までの日本にはそうした気配は全くなかった。2月の平昌オリンピックは北と南の交流の場となったが、日本は政治からメディアまで「対話のための対話には意味がない」という視線であった。日本の首相は平昌の開会式に臨んで祝福どころか、五輪後には延期中の米韓合同軍事訓練を再開すべきなどと言明した。これは韓国のある国会議員により「隣家の餅をみにいって自分の家の祭をするざま」だと揶揄された。朝鮮半島の平和への識見がない。そもそも軍事力の増強で「積極的平和」を云々すること自体がいかに粗雑な平和観か、これはすでに広く語られている。だが、政治だけではない。朝鮮半島の人びとに対する底意地の悪い振る舞いが日本社会に拡散しているのも事実なのだ。それに対峙しうる人文知はどこに求められるだろうか。わたしは「東アジア女性論」とでもいうべきものが人文知の中心に据えられる日がくることを望んでいる。最も弱い立場にある者、しかし強靱な意志と深い智慧の伝統を歌や芝居のなかで培いつつ、偉大な母親像を理念とする女性たちがここ東アジアにはいつづけた［野村　2004、2015］。

　同じ発想か否かは定かでないが、文化運動のすぐれた調停者(コーディネーター)でもあった編集者久保覚は1990年代に「これからの時代は女性が主役にならなければダメだ」といい、女性の書いた書を丹念に探し出して生協の小冊子に連載した［野村伸一2017］。これは1998年、本人の死により68回で中断したが、稀代の本好きであった久保は寿命が許せば百回でもつづけたに違いない。折しも韓国では2018年の春、MeToo運動が急進展した。法曹界、政界、文化芸術分野の長老・権威者た

図版1　鄭昞浩『춤추는 최승희 세계를 휘어잡은 조선여자』1995

ちを名指しで告発し、その権威失墜が生じて
いる（これはそののちも拡散し、2019年1月現在、
学校、さらには体育界の権威主義が根柢から改革さ
れようとしている）。この運動は日本社会の「権
威者」にはまだ十分波及していないが、時間
の問題であろう（本稿脱稿後、2018年4月後半に
財務省の福田淳一事務次官のセクハラ辞任事件が起
こった）。こうした現況をみれば、久保の予見
とその地道な作業は先見の明があったとおも
う。それはさておき、久保はその連載のなか
で崔承喜（1911～1969）の『私の自叙伝』(1936)
を取り上げた（「朝鮮の舞姫・若き日の宣言」）。
千字余りの原稿なので多くのことは割愛され
た。だが久保は崔承喜の「一見さり気ない平
易な筆致」のなかに「支配者日本において民
族芸術を再創造しようという強烈な決意の宣言」をみた。崔承喜の「美と魅力
は……芸術的抗議」であり「屈辱と差別のどん底にあった在日同胞への限りな
い励まし」となったと書いた。崔承喜の民族芸術とは何であったのか、それは
実は久保にとって終生の課題でもあった。これを久保に代わって引き継いでみ
よう。「東アジア女性論」の一環として。

2　久保覚のみた崔承喜

　わたしは1980年代に久保覚を通して崔承喜の名を知った。とはいえ、久保と
別れてから韓国の民俗芸能の現場に足繁く通ったものの韓国の知友との間で崔
承喜を語ることは殆どなかった。崔承喜は越北文化人であり、自粛が働いたの
か、韓国でも1990年代半ばまで研究や学習の対象ではなかった。それが鄭昞浩
『踊る崔承喜　世界を席捲した朝鮮女性』(1995) が刊行されてから徐々に語られは
じめた（図版1）。だが、当初は舞踊学からの接近が多く、文学、演劇学など人文
学全般に広がったとはいえない。本格的な論がはじまったのは2000年前後から
である。日本でも同様、1990年代までは高嶋雄三郎による評伝類［高嶋　1959、
1981、1994］(図版2) がまとまったものとしては唯一といえる。こうしたなかで久
保覚「半島の舞姫」(1980) は次のことを述べていて注目される。それは久保以降
の崔承喜論と並べても、卓抜なものといえる。五点あげる。第一、崔承喜の内

面への洞察が不可欠だと説いたこと。崔承喜は類い希な身体性、美貌などによりスターとなった。これはくり返し語られた。しかし、そうした賛辞だけでは崔承喜はわからない。崔承喜の「素顔と生涯」は「近現代における朝鮮人の艱難と苦悩、不幸と屈折、そしてまたその輝きと栄光」に切り離しがたく結びついている。その生涯には「抑圧された過去」があり、それを解放しない限り崔承喜の真の姿は現れてこないのだという。第二、崔承喜の「魅力の背後にある、朝鮮の固有文化にたいする正当な認識」の欠如。崔承喜舞踊は朝鮮的なるものを表出した民俗舞踊に留まらなかった。それはアリラン禁唱令（1929）にみられるような日本による朝鮮文化抑圧政策の状

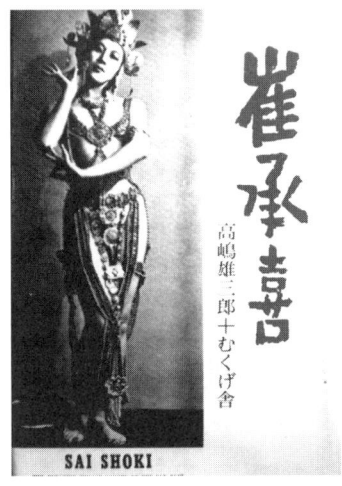

図版2　高嶋雄三郎＋むくげ舎編著『崔承喜（増補版）』1981

況下で踊られた。この時代状況を知らねばならない。それは「日本の文化侵略と朝鮮文化の侮辱にたいする反撃であり抗議」であった［久保　1980: 31］。

　第三、崔承喜は「朝鮮民族芸能の生き字引き」ともいえる韓成俊（ハンソンジュン）から学んだが、単なる伝承者に留まらず「朝鮮舞踊を再創造」し、それにより「朝鮮の美をよみがえらせ、そのルネッサンス」をはかり、「朝鮮文化をまもった」と指摘したこと。韓成俊と崔承喜の関係、崔承喜が何を学び取ったかはなお考究すべき点がある（後述）。それはともかく、崔承喜は舞踊だけでなく「朝鮮の美」を朝鮮伝承芸能の根源から捉え、再生させた、そこには「民衆的解放感」「さわやかな優美さ」があり、それは帝国日本の戦時体制下でも喪われなかった。この指摘は重要である。朝鮮舞踊はまた朝鮮音楽と不可分である。そのことを崔承喜はおそらくパンソリの名鼓手韓成俊から直観し得たのだろう。第四、崔承喜に「〈朝鮮の女〉の力の奔出」を見て取ったこと。朝鮮王朝を経た朝鮮社会では女性は「非人間的な重圧と忍従の道」を生きざるをえなかった。だが、祝祭の折には鞦韆（ぶらんこ）その他で存分にあそび、生命力を発散させた。崔承喜舞踊はそうした女性史の上にさらに近代朝鮮の女性解放意識をも踏まえて成立した［久保　1980: 37］。1926年、東京にいって間もない15歳の崔承喜は大正天皇の霊柩車に背を向けて「日本の天皇さんを拝む気持にはどうしてもなれません」といった。師匠石井漠は人の死を「敬虔な気持ちで見送ること」の大切さを説いた。すると崔承喜は「涙をながしてうなず

いた」(石井漠『私の舞踊生活』)。このやり取りは日本人には好ましい挿話で高嶋雄三郎なども引用した。だが、久保はそれについて「石井漠のいうことに納得したとはかぎらない。涙を流したのは、反論できない立場の自分がくやしかったためかもしれないのだ」という。これは15歳で働きに出た久保の経験から出た洞察だとおもう。実際、兄崔承一や夫安漠は朝鮮プロレタリア芸術運動の実践者であったが、東京での崔承喜はそうしたことは口外できなかっただろう。その「苦痛や怒り」を日本人は知らなかった。十代の崔承喜の涙の真相はわからない。人の死への敬虔さと悔しさ、崔承喜はどちらでもあったのだとおもう。

　第五、崔承喜に対する観客論の示唆。久保は1965年に編集者として中野重治と会話した際に「崔承喜という存在の重要性に気づかされた」。中野は語った。崔承喜の舞台公演には「いっぱい朝鮮人がきていた。私の前後左右はすべて朝鮮人だった。朝鮮人の老若男女―かれらは祭に来るようにして一張羅の朝鮮衣裳をまとっていた。……（崔承喜が踊ると）私のとなりのお婆さんが、眼から涙を流して泣いている。舞台と観客は全く一つで、いわば私だけが外国人だった」(中野「いちばん近い外国・外国人」『太陽』1965)。この「観客の反応」は日本人には脅威ですらあったようだ。高嶋も1944年帝劇での最後の公演の観客席で朝鮮語の声援を聞き「一種の恐怖感」を覚えた。崔承喜をみて叫んだ人びとの胸中について、高嶋は「民族の怒り」「喜び」「望み」を感じた。同時に彼らの「あらゆる不満」は崔承喜舞踊と共に解消するかのように感じた [高嶋 1981: 5]。観客の感じ方に真偽はない。それは各自の人生観、立場の反映である。確かなことは崔承喜舞踊にはそもそもそうした人生のさまざまな感情を引き起こすものがあったということである。たとえば1928年末、17歳の崔承喜は趙沢元 (1907〜1976) と共に石井漠の樺太公演に同行した。その時、樺太の朝鮮人観客が楽屋に押し寄せてきてプログラム中唯一の朝鮮人崔承喜に会わせてほしいといった。崔承喜は扮装したままだったため、趙沢元 (日本名で出演) が代わりに出ていき、自分も朝鮮人だというと、彼らは「10円を差し出し、わたしらが募金したカネだから崔承喜に渡してほしい」といった [鄭昞浩 1994: 42]。当時の崔承喜は朝鮮舞踊を踊る以前であったが、外地の朝鮮人には励ましとなる何かがあったようだ。それは巫堂（巫女）気質かも知れない。戦後、京城脱出 (1946) の際に占いにその可否をみてもらったという挿話もある。そうした気質に加えて、名が出てからの崔承喜は「民族のシンボル」とみられていた [高嶋 1994: 37, 43]。久保は中野の発言から観客論の必要性を示唆した。これは重要な点である。

3　崔承喜の語ったこと

　久保の崔承喜探究は急逝により中断した（1998年、享年61）。久保の遺志継承を込めて、改めて崔承喜の「素顔と生涯」を探究してみたい。それは舞踊の変遷によって大きく三つに分けて捉えると比較的明らかとなる。第一、淑明女子中学校卒業後、石井漠のもとで近代舞踊を習い、それを基に朝鮮舞踊を創作し時代の寵児「東洋の舞姫」となるまで。欧米、南米巡回公演（1937.12〜1940.12）はその絶頂期であった。第二、海外公演後、戦時体制下の日本で東洋舞踊を志向し、中国や日本の舞踊を取り込む努力をした時期。第三、日本の敗戦後、朝鮮半島の分断のもと、京城から越北し平壌を拠点に舞踊生活を送った時期である。いずれの時期についても、まずは崔承喜自身の語りを取り上げる必要がある。第一の時期については25歳の時の『私の自叙伝』（1936、以下「自叙伝」と略記）が多くのことを語る。ただし、この自伝の文体は達者で、日本語教育を受けずして書けるものではない。日本人の手が相当に入っているだろう。そのためか、余りにも多くのことが語られていない。たとえば、1929年、崔承喜は三年間の石井漠宅での修業を切り上げて唐突に帰郷する。その経緯は「思ひ出したくない」「語りたくも」ないことであった。石井のもとでの舞踊に対する疑問と行き詰まり、その結果、「独立して、新しい、自分で切り拓いた道へ精進して行きたい」と考えた［崔承喜　1936: 71］。芸術創作の問題は大きかったに違いない。だが、根柢には帝国日本の内地には自分の本当の居場所はないという素朴な思いがあったのだろう。そして三年間の朝鮮での試行錯誤、その苦闘を経て再度、東京に戻る（1933年春）。それから「デビューするまで」が実は重要なのだが、十分に語られていない。

　崔承喜は3年半振りに石井漠舞踊団に戻ったが、生活は苦しかった。「喘ぐやうな貧苦」と闘いながら、翌1934年秋に第一回の発表会を開き成功を収めるのだが、この間（1933）に石井の勧めで韓成俊から朝鮮舞踊の手ほどきを受けた［高嶋　1981: 211］。石井は後日、こう述べた。「（朝鮮舞踊の）精神を再現することが……最も意義のあることだ、といったようなことを話し、いやだというのを無理に朝鮮舞踊を一つ、プログラムに入れさせることにした。……韓成俊老に頼んで、二つほど朝鮮舞踊の速成練習（アレンジ）をやって貰い、……適当に取捨して、題名を『エヘラノアラ』ということにして上演したところが、非常な喝采のうちに大評判となり……世界の舞踊界に、大きな足跡を印するきっかけを作りだした」と。独断での帰郷、石井の公演への出演約束の反古など、恩師石井に対して崔

承喜は勝手な振る舞いもした。しかし、石井は崔承喜舞踊の大きさを認めていた。それゆえ日本の敗戦後、平壌にいった崔承喜に向けて「どうか、君の舞踊を通じて、本当に世界人類の幸福のために一生を捧げて貰いたい」とも書いた［石井 1951: 152以下］。こうした人柄からみて石井の証言は事実だろう。とくに舞踊を勧めた経緯は単なる思いつきではない。それは崔承喜舞踊にとって啓示にも等しいものであった。だが、「自叙伝」ではその事実は語らない。そこでは、単に「この間に」朝鮮固有の冠り物を着けて踊る「エヘヤ　ノアラ」（以下「エヘヤ」）を作り「石井先生の新作発表会」で初めて発表して好評を博したという。そして川端康成に認められた。崔承喜は「これに非常な喜びと確信」を得、これが「朝鮮風の舞踊の世界に確信をもつて突き進んで行くことの出来る契機」となった［崔承喜 1936: 126］。崔承喜は「エヘヤ」によって「女流新進舞踊家中の日本一」（川端）となり、自信も得た。そうであれば、なぜ韓成俊の朝鮮舞踊を語らなかったのか。25歳の崔承喜は自身の朝鮮的なるものに本当の「確信」を持てなかった。それが核心の理由であろう。崔承喜は多弁で、当時の新聞や雑誌には談話を含めて関連する文章が少なからずみられるが、韓成俊その人については終生、語らなかった。

<h2 style="text-align:center">4　芸能者韓成俊の語る舞踊と長短（ジャンダン）</h2>

　韓成俊（1874 ～ 1941）とは誰か。韓成俊は単なる舞踊伝承者ではない。このことは崔承喜も知っていたはずである。韓成俊は朝鮮伝承芸能の根柢を成す巫俗、舞踊、音楽（パンソリ、太鼓（ブク）ほか）、曲芸に通じた芸能者であった。一般にはパンソリの名鼓手、朝鮮伝統舞踊の大家として知られる。その来歴は本人が『朝光』の記者に語った「鼓手五十年」に詳しい［韓 1937］。韓成俊は1874年、忠清南道洪城郡高道面（ホンソングン ゴ ド ミョン）（現、葛山面（カルサンミョン））カルミ洞（ドン）の「貧寒の農家」で生まれた。来し方は「いうにいわれぬ恥辱の道」。それは貧困家庭ということだけではない。朝鮮社会で妓生、僧などと共に「賤民（チョンミン）」とされた巫覡（タンゴル）家系の出身とかかわりがある［김연정 2017: 163］。その遍歴は朝鮮朝の巫系芸能者の典型でもある。幼少時からクッ場に通った。6、7歳からは祖父に舞踊と太鼓を習った。両班（ヤンバン）の金氏に寵愛され金氏宅に出入りし、堂クッ（タン）（村祭）の場でも踊った。8、10歳のころには両班宅の科挙合格の宴（三日遊街（サミル ユ ガ））でも踊った。14歳からは綱渡りや曲芸も3年間習い、さらに20歳まで修徳寺で舞踊と長短（一定のリズム型）の勉強をし、ここで歌と長短の密接な関係を知った。その際に「舞踊はあらゆる長短のはじまり」ということを悟った［韓成俊 1937: 131］。1895年には折からの東学党に参加した。「腐敗

した当時、正心修道する真っ当な道といわれて信じてのことだった」。ただし、自身は力の行使はしなかった。むしろ恩ある両班老人が東学の徒に糾弾される様相だけを語った。その年、結婚してからは旅芸人として各地を流浪した。甲午改革（1894）で科挙が廃止され贔屓筋は消失した。このため、乞僧輩、男寺党の一員となり、野外の戯場に加わった。正月の堂クッや有力者の誕生日の宴席にもでかけた。それはまさに浮き草の日々であった［韓成俊 1937: 132］。

「鼓手五十年」の「六、数限りない長短律動、舞踊もとりどり」では長短と舞踊を詳説した。朝鮮の長短はむずかしい。ゆったりとしたジニャン調、やや速いが安定したジュンモリなども実際は変化が多い。長短は「西洋の拍子に較べて変化が本当に無双」だ。それは「もとは舞踊律動から出てくるもの」であり、あらゆるものの始祖は舞踊だという。そして朝鮮伝来の舞踊を列挙する。なかでも僧舞の説明が詳しい。それは「太平舞」「煞祓い舞」と共に韓成俊舞踊の代表でもあった（これらは今日の韓国舞踊の中心に位置する）。ところで、この第六章末に崔承喜評があり注目される。韓成俊は日本のレコード会社の吹込のために何度も日本に往来していたが、あるとき東京で「崔承喜がやってきて舞踊を教えて欲しいというので、14日間、……40余りの舞踊を教えた」。崔承喜はのみ込みが早かった。そして1937年の朝鮮公演でもやはり上手に舞ったという。とはいえ、崔承喜の朝鮮舞踊については「西洋式に翻訳しているようだが、もう少し専門的に研究してくれたら、なおよい」とおもったという。当時の韓成俊は「どうしたら死んでいく朝鮮舞踊を生き返らせられるか胸が塞がるばかり」だと舞踊伝承に危機感を募らせていた。韓成俊はまた1941年にパンソリの名唱李東伯と対談し、崔承喜、趙沢元の朝鮮舞踊は「全部私から学び取ったものなのに、つとめてそれを口外しないようにしているようだ」ともいった［김연정 2017: 165］。韓成俊は朝鮮の伝承舞踊を新時代のための「伝統舞踊」とし、次代に継承することを目指しつつ一生を終えた。その目でみると、崔承喜の朝鮮舞踊は「未熟」だったのであろう。

5 崔承喜の東洋舞踊

崔承喜は正真の芸能者から14日間で40余りの朝鮮舞踊を教わった。そして、おそらくその奥深さを感知したであろう。そのことは「自叙伝」の末尾「私の舞踊の方向に就いて」のなかでそれとなく表現された。朝鮮舞踊と西洋舞踊は「全然別個な伝統と独自性」を持つものだが、両者は「私の舞踊の両面を形成してゐる」。そして「この二つの異なれる舞踊を力強く統一してみたい、更に出来

図版3　僧舞

ることならば適当なる言葉ではないが『舞踊におけるオリエンタリズム』なるものを発見し、その発展のために努力してみたい」という。問題は崔承喜の朝鮮舞踊がどの程度のものだったのかということである。出世作「エヘヤ」や「僧の舞」（図版3）などについて崔承喜は「比較的純粋な朝鮮的手法のみによって構成されて」いるという。しかし、その他の所謂、朝鮮的な舞踊は「近代舞踊の手法を包含」しているか、あるいは「主に洋風舞踊の手法」によりつつ「朝鮮的な色と匂ひ」を持たせようとしたものだという［崔承喜　1936: 141］。崔承喜は「朝鮮舞踊から西洋舞踊」への接近と「近代舞踊から東洋舞踊」への接近

と、この二つの道をいこうとしていた。だがそれは「非常に危険な」ものだと自覚していた。それは自身の朝鮮舞踊の修練期間は、2週間の「速成練習」とその後の二年ほどの独習しかなかったからであろう。そしてこうした危機感を抱いたまま崔承喜は1937年12月に3年間の海外公演の旅に出た。現地では百数十回の公演をした。最初の一年間は反応がなかったが、1939年から1940年にかけて欧米、中南米のメディアはこぞって崔承喜舞踊を称えた。高嶋は20数件の賛辞をあげた［高嶋　1981: 78 以下］。しかし、問題は称賛の質である。評者たちは韓成俊の朝鮮舞踊は知らなかっただろう。そうして崔承喜舞踊に「朝鮮」と「東洋」をみていたのだ。たとえば「誠に彼女こそは東洋の幻想の顕現」（『パリ・フィガロ』1939. 2. 6）、「崔承喜は朝鮮舞踊を忘却より救って世界の舞踊愛好家に一大奉仕をした功労者」（『シカゴデイリー・ニュース』1940. 2. 24）など［高嶋　1981: 79 以下］。だが、崔承喜はその根柢に潜む「オリエンタリズム」の危うさを自覚していた。

　崔承喜は帰国早々、朝鮮の雑誌『三千里』でこう述べた。「なぜか批評家のうちには純粋な西洋舞踊を好まず、東洋の文化、東洋の色彩・薫りを帯びた東洋舞踊を舞ったらよいと忠告してくれる人もいました。それでレパートリー30のうち殆どは東洋的なものとしました。とくに朝鮮古典の紹介に努めました。そのため本国にいたときには知り得なかった、また自覚できなかった東洋情緒をたくさん発見したとおもいます。舞踊家は欧米公演から戻ると得てして西洋舞踊を輸入してきますが、わたしは多分その反対のようです。東洋的な舞踊を輸

入してきたのですから。とにかく今回の公演ではいろいろと学ばせてもらいました」[崔承喜　1941a: 214]。崔承喜は率直に手の内を明かした。欧米の知識人は自分たちにない文化、色彩・薫りに「東洋」をみた。応分に崔承喜は急遽、本国（朝鮮）の古典を勉強し自分なりに創作したという。このことは宋錫夏（民俗芸能）、咸和鎮（国楽）との座談会（1941）でも明確に語られた。欧米公演以前に崔承喜は朝鮮舞の好評が単なる好奇心によるのか否かを気に掛け、『鳳山タルチュム』（黄海道）、『山台都監』（京畿道）などの仮面戯を取り込み、手応えを感じていた。そして欧米ではそれをもとに公演したところ評判がよかったのだという。宋錫夏は崔承喜の創作方法を「鋭利」だといい、「自分のもの」にしていると褒めた。すると崔承喜は「民俗舞踊」は自国のものでなければ自然ではない、これまで西洋舞踊をしてきたが、「今後は東洋舞踊に全力を尽くすつもり」といった。崔承喜はまた「どんなテーマを選べば民衆を惹きつけることができるか」ということもわかったという。その核心には朝鮮舞踊があっただろう。これは自信の表明ともいえる。ただし、次の語りは一層、興味深い。「（アルヘンティーナの舞踊は邪道、純粋なスペイン舞踊ではないと非難されもするが）私もそうした懼れがなくはありません。余りにも研究の時日が短いのに加えて朝鮮には材料も少なく、そのため私の想像力だけでする純粋なものなので……これは朝鮮舞踊ではない」といわれるかも知れない。しかし「国内の誰が観ても……世界のどの国の人が観てもいいというようになるのが私の願いです」[崔承喜　1941b: 969 以下]。

　この座談会の末尾で崔承喜は当面の課題と豊富を明確に述べた。「舞踊をしてから 15 年になりますが、外国にいって、私の歩んでいくべき使命を悟りました。以後の理想としては朝鮮舞踊を土台にして力の限り全東洋的なものも踊ってみようとおもいます。仏教芸術ももう少し研究し、インド舞踊、日本郷土舞踊、琉球舞踊のようなものにも手を伸ばしてみます。朝鮮舞踊だけではスケールが小さいですから」。そして「今後 10 年はまだやるつもり」なので適当な伴奏者を専属としたい。自分には「朝鮮音楽を世界的に進出させたいという野心」もあるという [崔承喜　1941b: 973]。朝鮮舞踊と音楽は切り離せない。この観点の深層には朝鮮舞踊が長短の根柢だと述べた韓成俊の存在があっただろう。だが、この座談会でも崔承喜は韓成俊には触れなかった。そして、崔承喜は以降、1945年まで朝鮮舞踊を東洋舞踊へと拡大するためにまず大陸に向かい、中国舞踊へと目を転じる。これにはふたつの意味がある。第一は大東亜共栄圏を推進する日本軍部への当面の協力、具体的には慰問公演である。もちろんそれが親日行為であることは承知の上であろう。第二は東洋舞踊修得の実践である。1942 年

には華北各地で 18 回ほど一般公演をした。同年末の帝劇での長期公演では中国や日本の素材を取り入れた舞を披露した。だが、東洋舞踊の確立は意欲だけではできない。1943 年 8 月の帝劇での「崔承喜舞踊鑑賞会」について江口博は「崔承喜の舞踊はいま重大転機にある。……（朝鮮舞踊は崔承喜舞踊として一応完成したが東洋舞踊は）今日までの成果からいうと、その多くは未完成で……（朝鮮舞踊に較べて）未だ距りがある」と評した［高嶋　1981: 124 以下］。

6　越北、そして死

　崔承喜は 1944 年 1 月に帝劇で 22 日間の長期公演をした。その後秋からは北京を拠点に中国各地で慰問公演をした。日本の敗戦は上海で迎えた。直後に安漠は平壌にいったが、崔承喜は北京に留まり 1946 年 4 月に米軍の援助で京城に帰った。だが帰国早々、新聞記者たちから親日行為を問われ、朝鮮での公演計画も実現しなかった。結局、平壌から迎えにきた安漠と共に船に乗って越北した（1946、夏）。平壌では崔承喜舞踊研究所（1953 年 3 月、国立化）を設け創作と教育に携わった。朝鮮戦争中は北京に移居し、中央戯劇学院内に崔承喜舞踊踏班を設立し、後進指導、京劇改革に尽力し、また北朝鮮北部で慰問公演をした。平壌へは停戦後に戻った（1950. 11 ～ 1953. 7）［成基淑　2002: 113 以下］。以降は多く文化活動に従事した。1957 年、平壌訪問の村山知義にこういっている。「今では教えることと、行政面の仕事がいそがしくて訓練不足になり、身体がふとってしまった。私の舞踊の全盛期は、かつて東京で踊っていたころだ」と。そして崔承喜は、日本訪問の際にはアンサンブルをみせたい。それは「経費の面で困難がある」が、「やがて実現するでしょう。私の夢はいつも思いもかけず実現するから」などといった［高嶋　1981: 157］。1958 年、夫安漠が粛清された。以降、崔承喜は舞台から遠ざかり舞踊理論の考察に携わる。越北後の作品では民族舞踊劇四部作がよく知られているが、独舞「荒波を越えて」(1949) も注目に値する（後述）。崔承喜は北朝鮮の発表によると 1969 年、平安南道の収容所で死亡した。享年 58。ただし没年は 1967 年ほか異説もある［한경자　2017: 94］。現在は人民俳優として名誉回復されているが、死の経緯は依然、不明である。

7　「荒波を越えて」

　独舞「荒波を越えて」[1]（1949）では白髪長髯（ちょうぜん）の仮面の老沙工（ノサゴン）（老船頭）が現れ船

1　原語は「풍랑을 뚫고」で「風浪を突き抜けて」の意味。ここでは高嶋の著書ほかでも用いられている「荒波を越えて」で統一する。

を漕いで荒海を渡る（図版4）。こ
れは越北後の崔承喜にとって会
心の作品だったとみられる。後
年、「独舞『荒波を越えて』につ
いて」(1965) を書いて、作品の背
景と創作技法を詳述した。これ
によると、「広々とした海の上で
激しい波と戦い進んでいく人間」
は「人生の海で高尚な目的に向
かって万難を克服して進む人間」

図版4　崔承喜『荒波を越えて』

であり、「私は長いこと、こうした人の姿を舞踊形式を通して創造してみようと
おもっていた。それは私自身がいくつもの海を越えつつ、何度も風浪を経験し
たため」であり、また、それは自身に「創作的衝撃を与えてくれる最も力強い
描写対象」でもあったからだという。これは大いに共感できる。加えて南朝鮮
のある老人が済州島人民抗争［1948、4·3事件］を助けるべく小舟に乗って済州
島に向かったという新聞記事を読んで作品化したともいう［崔承喜　1965: 159］。
ただし新聞記事からの考案というのは後日の付加かも知れない［鄭昞浩　1995:
279］。だが、いずれにしてもこの作品の構想は緻密になされた。作品では三つの
ものを表現した。第一、叙事―老沙工が目的地に到る全過程。第二、抒情―白
髪老人の誇りと喜び。第三、演劇性―片や「崇高な理想」を抱いて進む人間の
力と、片や人間の前途を妨げようとする「暴悪な力」、この両者の戦いを白髪老
人と風浪との戦いで描くこと。以上の三つは「万難を排して目的に進む朝鮮民
族の不屈の性格」を表現しようとしたものだという。次に崔承喜は老船頭を巡
る「文学的構想」、そして「舞踊的構想と舞踊的形象」を述べた。

　舞踊的形象の箇所では老船頭を如何に表現したかがよくわかる。小船の上で
の老人の足取り、身のこなし、櫓の漕ぎ方などについて説いていく。風浪の激
しいときは「櫓を放すまいと櫓を握りしめ踏ん張り、全身を激しく揺すり上下
に身を躍らせつつ」櫓を漕ぎもし、また前後に間を置いて歩いたりもする。そ
れらは「生活自体が提供する無限の人間の動作」のうちから最も典型的なもの
を選択したものである。また、「空の鴎は」という歌詞が流れるときは片手をあ
げて空を眺め、「海の水鳥は」のときは海をみつめ、「彼方の真珠を取るむすめた
ち」のときは前方を眺める。こうして朝鮮的、楽天的な民族の動作を表現した。
それは「朝鮮の味わいをたいへん豊かにするもの」となった。そして崔承喜は

「できるだけ少ない舞踊動作で老船頭の民族的性格を簡潔、鮮明に明らかにしようとした」。一方、舞踊構図とは「一定の時間のなかで人間がどこからきていかに行動し、どこにいくのかという人間行動の流れを舞踊的流れで再現するための空間組織」のことだという。5分40秒の舞踊のうちに「引き潮から翌朝、日が射すときまでの老船頭の行動」をみせるだけでなく、「一生をかけて人生の海を真摯に美しく高尚に渉っていった人間の形象とその行路をも推察させる」必要がある。そのために「多くの芸術的考慮を巡らせた」[崔承喜　1965: 168]。舞台には海も船もみえないが、みえるように工夫した。以上の文を読んでおもうのは1980年代のマダン劇での試みと同じことをすでに崔承喜がやっていたということである。そしてその淵源は韓成俊舞踊にあったとおもわれる。韓成俊は「朝鮮舞踊の話」という連載文のなかで、「人が生まれてから舞踊はあった。……わたしたちの一挙手一投足がみな舞踊です。……歩くこともそうだし座るとか横になるのもみんな舞踊になり得るのです。……長短さえ合えば舞踊とし得るのです」と語った（『朝鮮日報』1939. 11. 8）。

　韓成俊の舞踊観は「『長短』の数多いことも世界第一　船頭の歌も舞踊になる」の文中で一際光る。「わたしたちの舞踊は種類が数百あります。例えば船頭ですが、彼らの生活ではそれこそ歌でないものはなく舞踊でないものはないのです。櫓を漕いでも興に乗れば歌い踊ります。……棹差しながらも愉しく歌い踊ります。……もちろん舞踊として完成されたものを指すのではありません」といいつつ、それらは長短さえ合わせれば舞踊となると説いた。そしてそのあとで余談として、最近、米国の女性がきて朝鮮舞踊を熱心に習い、結局、30余りの朝鮮舞踊を習っていったが、朝鮮の舞踊家はなかなか上達しない、理由は自分たちの古典を疎かにするためではないかといった（『朝鮮日報』1939. 11. 9）。当時、韓成俊は京畿道、忠清道の音楽家を中心にした朝鮮音楽舞踊研究会（1937～1941）を組織して舞踊伝授に努めていた。そして、偶然だが、この記事の横に欧州巡演中の崔承喜の消息記事もあった。それによると、崔承喜は大戦勃発のため欧州公演を中止し、帰国予定であったが、米国に再度渡り、公演することになったという。そこには兄崔承一の談話なども掲載されていた。崔承喜が当日の『朝鮮日報』を海外で目にしたか否かは定かでないが、韓成俊が朝鮮古典音楽と舞踊教育のために盛んに活動していたことは兄（崔承喜の舞踊家への道を開拓した近親者）や安漠を通して知っていたとみてよい。とくに韓成俊の舞踊観は独特で、しかも船頭を例にした語りは印象的である。崔承喜は後日、越北してからこれを自分なりに咀嚼したものとみられる。

8　越北後の崔承喜舞踊

　「荒波を越えて」の淵源に韓成俊の舞踊観があったとしても、それを「5分40秒」に凝縮した力量は崔承喜ならではのものであった。相応にこの作品を巡る話題は多い。1949年12月、崔承喜は北京でのアジア婦人大会に20名余りの朝鮮芸術団を率いて参席し、この作品を『老沙工』として公演した。周恩来がこれをみて『乗風波乱』といって激賞したという。ただし、これは『乗風波浪』（風に乗り浪を分けいく。『南史』にある宗愨の故事に由来）かという［오세준　2015: 121］。波乱（bōluàn）と波浪（bōlàng）の語音は近いので、そうであろう。これとは別に、1955年、作家火野葦平が平壌の牡丹峯劇場で崔承喜の「荒波を越えて」を観た。火野はインドのニューデリーで開催されたアジア諸国会議に参加した日本代表団に加わり、帰途、中国（4月21日〜5月17日）、北朝鮮を訪問した（5月17日〜5月26日）。火野はかつて兵隊、報道班員として中国各地を巡った。中国での火野は自身が「日寇の一人」「鬼子兵」であったことを絶えず反芻した。そして北朝鮮では板門店での分断を観て南北統一を心底、祈念した。また平壌では念願の崔承喜舞踊に接する機会を得た。そしていう。「『荒波を越えて』がすばらしかった。白髪長髯の老船頭に扮し、あらしのなかに舟をこぎぬけて行く所作をやる……昔の西洋式バレーとはちがい、純粋に民族的なのがよかった」。朝鮮音楽に合わせての踊りは「いかにものびのびとして自由であった。」この作品は朝鮮が「平和になることを象徴していた。……踊る崔承喜さんは全身で平和を叫んでいるように私には感じられた」［火野　1955: 92］。崔承喜舞踊は変容していた。崔承喜は「独舞『荒波を越えて』について」の末尾でいう。「私は国内外での公演をくり返すと同時にこの作品に幾度も手を加えた。なぜなら芸術的完璧性というのは終わりがないものなのだが、錬磨するほどに完璧性に接近できるからだ」［崔承喜　1965: 169］。周恩来は新中国の誕生直後にこれを観た。また火野葦平が観たのは朝鮮戦争の傷跡が癒えないときであった。米軍の爆撃で平壌全体が破壊された。国際ホテルも「建設の真っ最中」であった［火野　1955: 89］。そこでの「荒波を越えて」が平和への叫びにみえたのも肯ける。ところで越北後の崔承喜は北朝鮮の体制にどう向き合ったのか。詳細な崔承喜評伝を書いた鄭昞浩は高嶋との対談で「崔承喜一行は北に入って、それほどたたずして失望したと思います」という［高嶋　1994: 42］。ここには、崔承喜は夫に従いやむなく越北したが、金日成体制に利用され翻弄されたという構図がある。金日成による粛清、そのスターリン主義に対する嫌悪感のゆえか、この構図は韓国や日本では広くみられる。

日本では金賛汀『炎は闇の彼方に』がやはりそうである。同書は金日成の権力闘争、「文化革命」の描写辺りに独自性がみられる。北朝鮮では1967年以降、金正日指揮下に全国で思想教育と思想点検がおこなわれた。このとき崔承喜は「文化芸術部門の不純分子」とされ粛清の対象にされた。そして1967年以降、崔承喜と安聖姫（長女、舞踊家）は「暗黒の闇の彼方に押し込められた」。「罪を犯せばその子供にまで累が及ぶとされる異常な社会体制」と芸術家親子の悲劇。金賛汀はこの構図で崔承喜をみた［金賛汀 2002: 315以下］。こうした構図での北の体制批判は理解できるが、今やこの視点そのものを問い直すべきときだとおもう。それは1953年以来つづく停戦体制下の見方でしかない。この体制は自由主義の優越を説いてはきたが、朝鮮半島の平和確立どころか、2017年末には一触即発の状況にまで到った。この見方のもとでは崔承喜舞踊はせいぜいが慨歎で語られるしかない。今、必要なのは別の崔承喜像である。

9 崔承喜をみる眼、再考

　2018年初、金正恩が平昌五輪への歌舞団派遣を提案した。北朝鮮の三池淵管弦楽と団長玄松月の公演は韓国民の好意に迎えられた。これにより前年末までの険悪な南北関係が消え失せた。歌や舞踊は国家間の壁を突き抜け、人びとを和解に導く。そのことを改めて感じさせた。崔承喜舞踊はまさにそうしたものとしてあった。戦前だけでなく、戦後も1950年代まで崔承喜の公演は到る所で観客をひとつにした。戦後の崔承喜舞踊の核心に「荒波を越えて」があったことは再認識してよい。1949年の北京公演、1950年6月の訪ソ公演、1956年の東欧圏巡回公演。さらに2002年と2006年には朝鮮総連傘下の金剛山歌劇団がこの作品を韓国で公演し好評を得た。「荒波を越えて」は中国ではいち早く「中国新舞踊創造のためのひとつの典範として推薦」されもした［오세준 2015: 121］。ところが鄭昞浩はこの作品評はせず、代わりに北京での挿話をあげた。AP通信の記者が、今はなぜ自由に外国公演にいかないのかと質問したとき、崔承喜は「私は籠の鳥」だと答えた。その記事のために、後日、自己批判をすることになったという。ただし、これはあくまでも伝聞である［鄭昞浩 1995: 274以下］。安漠粛清後の崔承喜には体制への失望もあっただろう。しかし、越北当初から幻滅があったかのようにみるのは妥当だろうか。呉セジュンは別の視点でこの作品を論じた。それによると、越北後の崔承喜は安漠が主唱する高尚な写実主義、即ち「社会主義的写実主義」に「自発的かつ意欲的」に同調していた。けっして共産主義による「他律的コクトゥ閣氏」ではない。そこには「社会主義の

建設を通した近代化」に自身の舞踊で同調した自立的な姿がある。その探究こそは「崔承喜の舞踊活動とその遺産」をより豊かに継承する道だという［오세준 2015: 132］。同感である。

　かつて久保覚は従来の崔承喜論には「崔承喜を崔承喜たらしめたもう一つの窮極のもの」が欠けているといった。窮極のものとは朝鮮の文化・芸術、その「特性とエートス」であり、植民地期の朝鮮芸術の再活性化である［久保　1980: 25］。エートスとはやや漠然としているが社会的心性であろうか。それはさておき、崔承喜には朝鮮芸術の蘇生力があったという点は重要である。問題は崔承喜舞踊の継承である。「天才的な、魅惑的で美しい舞踊家」だけなら今後も現れ得る。しかし民族あるい社会集団の「特性とエートス」、蘇生力を伴う存在となると、容易なことではない。継承問題については崔承喜自身が「朝鮮舞踊動作とその技法の優秀性及び民族的特性」(1966) という論考で示唆的なことを述べている。そこでは朝鮮舞踊の歴史、その特性と優秀性を述べたあとで、発展方法を自問し次のようにいう。民族的特性とは固定したものではない。生活の変化、発展と共に変化、更新されていくものである。今は新たな舞踊動作が湧き起こる革命の時代だ。既存の「朝鮮の味わい」だけを追求していては到底、現代の生活像や人間性は描けない。以前の暮らしのなかの女性を描く方法で今日の働く女性は描けない。現代の生活のなかに一層深くはいり、新しい舞踊動作と技法を探究するべきである。たとえば『僧舞』『剣舞』『鼓舞』『仮面舞踊』『農楽舞』『手巾舞』『小鼓舞』『手拍舞』『巫女舞』『社堂舞』『結いあそび鼓舞』などは原型そのままではなく「我々の時代的要求に適応させ芸術的革新を経て発表された舞踊」なのだという［崔承喜　1966: 64 以下］。ここにあげた舞踊は崔承喜自身が踊ったものでもある。興味深いことに、以上の内容は1980年代の韓国民衆文化運動で唱えられたものとよく似ている。当時はマダン劇の内容としてタルチュムや農楽の手法、またムーダンクッの形式が活用されたが、林賑澤は「伝統民俗劇」の「うわべだけの模倣」を排し、再創造を主唱した［林賑澤　1981: 88］。崔承喜は越北文化人の一人であったため、80年代の韓国ではまだ公然と論じられていなかった。しかし、今、改めて民衆文化の視点から見直す必要がある。

10　崔承喜を崔承喜たらしめたもの─逆境の観客

　「崔承喜を崔承喜たらしめたもう一つの窮極のもの」とは何か。難題である。久保は朝鮮文化・芸術の特性とエートス、朝鮮芸術の再活性化といったが、それが可能になったいわれは説く暇がなかった。それは各人の課題のまま残され

ている。これは崔承喜に対する観客論と同義であり、一様ではあり得ない。金達寿はいう。1930年の渡日後、舞台をみる余裕はなくポスターを眺めてだけいた。しかし、その存在自体が「ぼくらには一つの希望でした。そしてそれが一番大事なことでした」[高嶋 1981: 246以下]。また李礼仙はいう。「困難な条件の中」でも踊りの魂を忘れなかった。それは「私を含めて朝鮮人の女に流れている強さだと思う。」「無援であることが彼女たちのエネルギーになっているような」、そんな朝鮮の女が「私の周りにも大勢いる。」崔承喜の生き方は「まぎれもなく、朝鮮の女のもの」だと [高嶋 1981: 257]。そういえば、かつて久保はこういった。崔承喜の根柢には「朝鮮の芸能の奥深いエネルギーと本質的に通底している〈朝鮮の女〉」が存在すると [久保 1980: 34]。それは「自叙伝」が告げている。崔承喜は女学校（中学）一年のころ、小学校時代とは打って変わって「貧乏のドン底」に投げ込まれた。そのため「人生を、社会を考へないではゐられない女」になった。「新しい経済機構」が有閑、有産の生活を崩壊させる時代がきていた。前途をおもう気持ちは萎縮したが、他方で絶望を「押し返さうといふ気力」が涌いてきた。女学校卒業のころには一家のために一刻も早く「職業を求め」ることを考えた [崔承喜 1936: 9以下]。これは25歳の「自叙伝」でのことばだが、以後、30年余りの足跡をも規定している。崔承喜は人生と社会、「時代の津波」をよく考える女性、そして逆境を押し返す女性であった。舞踊芸術はその上でなされた。結局、崔承喜を崔承喜たらしめたものは「逆境」に置かれた無数の観客、とりわけ女性たちの呼応だった。そしてそれは平和への道標だとおもう。今、それを継承できるのは朝鮮半島の「逆境」そのものを担う北の社会とその芸術団かも知れない。そして、南側からの連帯も継承のひとつだ。若きころ逆境の連帯を体験している趙容弼は2005年、平壌で「風浪を越えてまた会えたね」(北の歌)を歌った。2018年にはさらに多くの南側の歌手が平壌で「友よ」を合唱した。だが、驕る日本は「崔承喜」を忘れて久しい。

参考文献

石井漠 1951 私の舞踊生活」、講談社。
韓成俊 1937「고수 오십년」『조광』제18호 4월호、통권 3권 4호．경성：조광사．
金賛汀 2002 『炎は闇の彼方に』、日本放送出版協会。
久保覚 1980「半島の舞姫」『収集の弁証法－久保覚遺稿集』久保覚遺稿集・追悼集刊行会。
崔承喜 1936 『私の自叙伝』、日本書莊。
崔承喜 1941a「無事히 도라왔습니다，東京帝國호텔에서」『三千里』제13권 제1호、

삼천리사。

崔承喜 1941b「崔承喜の舞踊と抱負を㖦る崔承喜、咸和鎮、宋錫夏 鼎談会」(『朝光』7-5) 金宗大総括『石南 宋錫夏―한국 민속의 재음미』(下)、国立民俗博物館、2004 所収。

崔承喜 1965「독무《풍랑을 뚫고》에 대하여」、李愛順 (편・해제.)『崔承喜舞踊藝術文集』、国楽資料院。

崔承喜 1966「조선무용동작과 그 기법의 우수성 및 민족적 특성」、李愛順 (편・해제.)『崔承喜 舞踊藝術文集』、国楽資料院。

成基淑 2002「최승희의 월북과 그 이후의 무용행적 재조명」、『무용예술학연구』10 권、한국무용예술학회。

高嶋雄三郎 1959『崔承喜』、学風書院。

高嶋雄三郎＋むくげ舎編著 1981『崔承喜 (増補版)』、むくげ舎。

高嶋雄三郎・鄭昞浩編著 1994『世紀の美人舞踊家崔承喜』、エムティ出版。

鄭昞浩 1995『춤추는 최승희 세계를 휘어잡은 조선여자』, 서울 : 뿌리깊은나무。

野村伸一編著 2004『東アジアの女神信仰と女性生活』、慶應義塾大学出版会。

野村伸一編著 2015『東アジア海域文化の生成と展開 〈東方地中海〉としての理解』、風響社。

野村伸一 2017「久保覚の死後 18 年――借りをかえすべきとき」『水曜日 東アジア日本』1 号、風響社。

火野葦平 1955『赤い国の旅人』、朝日新聞社。

林賑澤 1981「マダン劇のために」梁民基、久保覚編訳『仮面劇とマダン劇――韓国の民衆演劇』、晶文社、1981 所収。

김연정 2017「한성준춤 다시보기 : 시대인식과 춤인식을 바탕으로」『무용역사기록학』44 권、무용역사기록학회。

오세준 2015「최승희의《 풍랑을 뚫고》창 작 과정에 작용한 북한식 사회주의적 사실주의」『한국무용교육학회지』26 권 3 호、한국무용교육학회。

한경자 2017「최승희 예술무용곡목 (1934~1944) 을 통해 본 작품 및 오류 분석」, 한국체육사학회 , 체육사학회지 22 권 1 호。

榕城家常雑記（二）

岩松研吉郎

▼忘月某日——暦法談義

はじめて福州にきての間もなく、「仲秋節」をむかえた。日本の「十五夜」である。満月でなくては無意味だから、むろん旧暦。

何年か前から国家祝日となった、とのことでやすみだ。一家一族再会の（日本の月おくれ旧盆のような）日で、とおくない所からの学生は皆帰郷する。窓からみても、旧キャンパスはがらんとして人がみえない。外教宿舎にいる者は、何もすることもみるものもない。

数年前までは、家郷にもどれない外国人教員のために盛大な宴会があったり、すくなくとも月餅のおおきな箱がくばられた、ときくけれども、このところ中央の「ひきしめ」政策で一変しているらしい。前からいる同僚によれば、店でうる月餅も随分簡素になったという。私には、外国語学院の弁公室かどこからか、「慶祝」のカードが一葉と、他には親切な学生からの数個の月餅がきただけだった。

おそく起床、朝昼兼帯の食事は、その月餅二個と果物数種、福建の岩茶ですませた（茶のいれ方は、現地式の細緻・煩瑣はできないから略々。それでも数杯をうましとのむ）。小閑の午後は、唐宋の詩をいくつかよんだり、今夜の月は如何と観天望気ですごす。

——ところに、女性教授から日本人教員らに招待の親切な電話がきた。うれしく参上すると、娘さん（中学3年生）の誕生祝もかねたパーティだということだ。

きいてみると、彼女は、新暦の某年9月某日うまれだが、その日はその年の農暦（中国の旧暦）八月十五日だったから、「今日も誕生日です」とのことだ。

私たちが一斉にきく、——誕生日が二回あるの？　母娘ともに「ええ」と（娘さんも日本語学習中で、かなりできる）。公暦（新暦）で前に、農暦で後から、二度皆からいってもらえます、誕生日が二度は割におおいです、と。

実に丁寧な、「茶事」というべき喫茶の後、女性たちは月餅づくり、これがやける間に、豪華な晩餐になった。あれ以後何度も経験した餐庁（レストラン）の

御馳走もおよばない盛大。華・洋あわせ、母・教授の留学中習得で得意の和風もくわえた品々は、今もわすれがたいし、中国の人々の、客人饗応への執心がわかるものだった。飲食堪能している間、窓にみえる月は、一度確認しただけ。（私の他、中日どちらの人々も、月に関心はさほどない。仲秋節も旧盆も、月齢とは関係うすくなっているわけだ。）

　次の日から学生たちにもきいてみると、誕生日の二度はよくあるやり方らしい。公暦では友人たちと、農暦では家族と。おじいちゃんたちからは、おいわいを二回もらえるし、とうれしそうである。

　好都合な二重性だが、公暦・農暦のかさなりは一般的であって、すべてのカレンダーに併記されている。テレビの月日表示も両方だ。

　むろん、「公暦」というように、民国革命以来、人民共和国でも、新暦が公式・公共的ではある。10・1（国慶節）、8・1（解放軍記念日）、また民国の10・10（双十節）、どれもそうである。

　けれども（台湾のことはよくしらぬが）、両暦は共存しているのだ。華南では、華北中原できまった旧暦法（農暦）とずれがある筈なのだが、それでも季節感は農暦がわかりやすい、という人がいる。

　そもそもが、大学でも、学年暦の秋学期（新学期＝前期）と、春学期（後期）のきれ目は、農暦正月（春節）が基準になっているのだから、その間の休暇（冬やすみというか、春やすみというか）は、年々でうごく。

　こうした両義・両用システムは、曖昧・いいかげんな不便さがあるとしても、私はすきだし、よいとおもう。

　明治初年に、官員給料削減と対欧米経済取引への従属のために、一律一元的・一斉に新暦化した日本。ここでは、「十五夜」はいわれなくてはわからぬ日となり、「盆」も「月おくれ」暦の変造慣習の形となりおおせている。

　暦法についてあやしげな「国家」は、はじめは対中、近代で対欧米に従属しつづけるだけを不思議としないのか、と異土の名月をみながらの帰途、かんがえたことだった。

　▼忘月某日——南昌・廬山印象
　学期がはじまる前、江南の小旅行。福州をでて、杭州から南昌をとおって九江、その背後の廬山への行程だ。
　杭州は、前年いった折が、西湖畔で開催の"G20"厳戒——人民解放軍兵士2万人と公安警察多数の動員下で、西湖に一切ちかづけなかった。その「リヴェ

ンジ」で、湖一周は結構だったが、あたりまえの観光記は略す。むしろ、1年間に、前の海岸ぞいとちがって、内陸直結の高速鉄道（新幹線）が新設されていたのに一驚した。途中、義烏という変哲もない小都市（とみえた）に停車して不審だったが、後からしると、例の「一帯一路」の鉄路輸送の基幹貨車站の由。政治経済上の「発展」がなお急速なのである。

杭州からも高速鉄道が南昌へ。これも、3年前に入手の中国鉄道図・時刻表にはでていない路線だ。「南朝四百八十寺」（杜牧）がありそうな──ないけれど──いかにも江南の田と丘陵の中をはしって、江西省にはいる。

南昌が省政府の地だが、この省は、今も昔も田舎（というか内陸辺境）である。その昔、朱・毛が根拠地およびしばらくの「中華ソヴィエト政府」をつくったのは、ほんとうの田舎の地の利があったからでもあるだろう。

発端がいわゆる「南昌起義」、朱徳らの1927年8月1日の蜂起で、90年の記念には一ヵ月おくれだが、いってみることにした。

むろん、もう何の人よせがあるわけでもなく、この中都市は、福州などよりもやや閑散。暖帯照葉樹林相の本場だから、どの街路も見事な楠の列樹が小雨にけむり、猛烈なむしあつさだった。

「八一」の記念公園・広場には、オベリスク状のたかい塔があって、刻銘の揮毫は「葉剣英」。朱徳とあるべきところだが、かんがえると、朱は文革の間に没している。文革後にたてられた塔には、（「四人組」逮捕に功績の）葉がえらばれたらしい。葉も（鄧小平も）「八一」には参加していなかったのだから、歴史的記念には記実修正の苦労が（「改革開放」後も）色々とあったとみえる。

傍には「起義」の歴史博物館もある。参観者はおおくない。物ずきに丁寧にみてゆくと、やはり朱徳よりも、こちらでは賀竜が展示の中心をしめている。スメドレー『偉大なる道』で、わが若年からしたしい朱にすこし同情しながら、賀竜らの写真・絵・説明も熱心にみた。

「包丁一本」で（たしか姉さんと）山賊になって、中共党員へ、という賀は、いかにも新民主主義解放の快傑であって、ここでたたえられるにふさわしい。同行の家人と私は、わかき日の賀竜が、わがベイスターズ4番打者ににているよ、との点でもよろこんだ。

が、賀もまた、文革収束の功労者の一人として、ここで特筆されているのかもしれない。革命史の、偽造ではないにしろ、微妙の修訂がおこなわれている疑念なしとはできない。

まあ、そんな気で、次には鄱陽湖にそそぐ江畔の旧勝王閣（再建のビル）にゆく。

ここは、清代までの江西省の歴史博物館になっていて、展示も説明も、日本の同類に遜色がない。考古・歴史の新知見も豊富で、偽造・修正はなさそうである。

が、民国・国民政府下の江西省については、何もしめされていなかった。

8・1起義から撤退した朱徳部隊は、しばらくの後、「秋収暴動」からの毛沢東部隊と合流、井岡山にはいり、瑞金臨時政府をつくるが、1934年秋には、長途の敗走・再建（＝長征）にうつる。以後の江西省は、南京の民国・国民政府下、そして37年の日本侵略以後は、38年から、南昌までが日本軍に占領された。

現中国の歴史回顧からは当然のことかもしれないが、その間については、何もふれられないのである。南昌市街にも（見聞こまかくもないが）何の記念も遺物もないようだ。

亡父は、陸軍軍医中尉として、ここに駐屯していた。中国での戦時について、断片的にしかかたらず、「またいってみたいが、そういうわけにもゆくまい」といっていたのをおぼえている。南京にはおくれて入城した第101師団で、「たしかにひどい状態だった」ともいった。

父が「あの辺では、すこしのんびりした」、しずかなよい所だった、ともらしていたのが南昌で、私としては、その追想と謝罪との感傷を、楠の間で散乱させるようなことだったが。

*

南昌から北へ、長江南岸の九江までも高速鉄道。ひくい山と農村の間に、新街市が出没する。その中には「共青城」という名の駅もある。シベリアに〝コムソモリスク〟とかの都市もつくられたこともあった、などとおもっている間につく。

九江は、往昔からの江港だが、ここでは長江を鉄道がわたらない。そのためにかどうか、今はすこし古風の観光拠点となっているか、と感じる。駅からでるのも査閲の手続が簡単で、でた所からすぐ雑踏の小商店が密集。タクシーもむやみにいて、廬山への客引きをしている。『三国志演義』の「史蹟」や唐詩の名所もあるけれど、現在は、廬山―九江のセットが主なのかもしれない。

長江中流の九江の南の背後に、1,000メートルくらいの廬山の山塊があって、このあたりはふるくからの要地である。日本の侵略軍は、南京劫略の次、武漢へすすむ頃に、その麓で大会戦をたたかって、なかばやぶれた。

たしか阿部昭さんの小説にとりあげられていて、亡父も、「あれはまけいくさ」といっていたが、野戦病院撤収で「軍功」をあげたらしい。勲章をもらい、そ

の功労債券は、亡祖父・父が、すぐ換金して、「どうせちかい内には墓地が必要」
と、公営墓地の購入にあてたそうだ。おかげでわが家は多磨への墓参をつづけ
ているが、中国への戦争責任につき、これまた感情・感傷整理しにくいところだ。

　九江に一泊して、翌日タクシーをやとい、終日盧山へ。まずは、李白が詠じ
たという瀑布に数千段をくだり・のぼり。実は詠詩とは史的に無関係で、要す
るに観光名所だが、それはどうでもよく、印象は別だ。そこにはいる前に、「世
界遺産」認定区だから、というので旅券登録と指紋の生体認証が要求されたの
だ。このような治安管理と「ビッグデータ」集積とを、中央の党・政府が、IT
によってすすめている。滝をみる無意味は、一層となった。

　盧山の他の区域は、さらにいやはやであった。この観光地では、麓の陶淵明
や白居易の故地・古寺は一顧だにされず、清末から民国期の欧米居留民別荘の
旧宅ばかりが「名所」とされているのである（日本で、「開化」期の擬欧米建築等を今
さら「明治村」式にもてはやすのとにている）。

　当時の植民者らは、ここを避暑（cooling）の地として「牯嶺クーリン」と勝手
に名づけたが、今や「盧山」観光はそのクーリンをめぐりあるく形になっている。

　さらに始末におえぬことがある。居留民別荘は、民国・国民政府幹部らもも
ちいて、それも記念されている――「反面教師」のあつかいともみえないが――、
そしてその後、中共幹部もつかったが、これについては、何もふれられないのだ。

　毛沢東が、ここのどこかの別荘でひらいた、1959年の「盧山会議」と、そこ
での彭徳懐からの批判、彭の追放、――それは文革への前段だったのだが、盧山
＝クーリンをみているかぎり、何もわからない。

　南昌と逆に、世界遺産観光区の盧山では、清末・民国期が「記念」されている。
一方、往昔はわすれられ、また人民共和国の不都合な過去も抹消されている。

　歴史と記実との改修にも、現中国は実利的かつ「理論的」に、多様である他
はないらしい。それは、別に中国にかぎらず、どこだって現にあることだ、と
かんがえながら、九江から南昌を通過して福州にもどっていった。

再訪 1984（一）

金井広秋

1

　夏休みが明けて1週間ほど経った教員室の昼下がり、山本一郎君は精出して授業の下調べに取り組んで余念がない。教員の仕事をはじめて4年目、こんな自分でもいささかの経験を積んだのだし、知見も広がったぞとかんがえ、具体的には高校3年生相手にずっとつづけている森鷗外『舞姫』を教材にした現代文授業にかんして根本的組みなおしにチャレンジしてみようかというのがこの日の山本君の意気込みであった。『舞姫』の主人公・国家派遣の留学生たる秀才官僚「太田豊太郎」は滞在先ドイツの新首都ベルリンにおいてみずからの将来人生の方針をめぐってつきつめた選択の場面に立たされる。太田君はこのあたりいかにも明治日本にはよくいたのであろう「エリート」らしく、国家か恋かと大きく問題を立て、右に行き左に行きして悩んだあげくに、作品の終盤で国家をとって恋を捨てている。一見ご苦労さん、お大事にというしかないようなストーリーだが、これをもう少し繊細に見ていくと、太田君本人は「とった」とか「捨てた」とかそんな威勢のいい、男らしき決断を下したというより、恋を「捨てさせられ」、国家なんかを「とらされた」と、じぶんの「まことの」望みに著しく反して、上司の伯爵の指示やら同窓の友人の勘違いした「友情」やらによって本意でない選択を強制されたと感じているらしい。主人公のこうした最後の「感慨」をわれわれがどう評価するかが『舞姫』論議の焦点になる。太田という、上司友人恋人に寄ってたかって大事にされてしまった秀才色男は、つまるところ選択の責任から逃げを打ち、したがって国家にも恋にも生きられぬ、当然またそのいずれに死ぬこともできぬ、それでいて結構滑らかに世渡りしていけるような一個の「卑劣漢」ではないのか。山本君が授業のクライマックス部分でこう指弾すると、いつも教室全体が生徒たちの「異議なし！」大合唱でゆらぐようだったものだが、4年目になった今日ようやく、このまま万事「異議なし」ですませて溜飲下げているだけではたしていいのかとややまともな

反省が山本君においてはじまったということである。もしかしたら、国家か恋かと対立させて「選択」を迫るのはほんとうは人生の「罠」ではなかったか。太田に責任が発生したとすれば仕掛けられた「罠」にしてやられた不作為の失策においてであって、「逃げた」とか「卑劣」とか漫罵して終わらせてしまうのはとんでもないお門違いだったんじゃなかろうか。そもそもの話、こちたき二者択一なぞにとらわれることなく心を開いて、国家を愛するように恋人を愛し、恋に生きるように国家にかかわるという生き方だってありうるかもしれないではないか。

　「山本さん、すこし話していいかな」隣の机の天田さんが不意に話しかけてきた。天田さんは山本君の12年上の先輩教員、日頃から無口で、一切雑談ということをしない人である。「はい。何でしょう」山本君は面を上げ、天田さんのなにかつらそうな横顔に注目した。この時間他の教員たちは自分の担当授業か用事かで出払っていて、教員室は天田さんと山本君の2人だけだった。

　「井川って知っていますか。井川義雄。ええそう。その井川です。彼がこの学校出身というのもご存じね。かれらの学年は東京オリンピックの翌年が入学で、その頃僕も教員になったばかりだから、かれらと過ごした3年間は思い出深いというか、彩り豊かというか、僕の人生の中ではじつに特別な期間でした。それで井川ですが、僕は彼の1年生の時のクラス担任で、彼のお父さんというのが町工場を経営されていて、一言でいうと正義感の強そうな立派な人格者。息子の方もその頃はあなたには意外かもしれないけれども、小さな人格者という感じの生徒だったんですよ。2年になると僕が顧問をしていた文芸部に入って詩を作り出します。そうねえ、やっぱりあれかしら、67年10・8羽田事件が井川をのちの井川にしたのかなあ。井川は部誌に10・8で亡くなった学生の追悼詩を載せています。正直、出来映えはいまだしだったが」

　「井川の詩の傾向はどんなでしたか。全体として、先生の眼から見て」天田さんは詩人でもあり、一読に値する詩集2冊がある。しかしながら、こんな風にいきなり井川の思い出話をやりだしたそのモチーフが依然わからぬので、山本君はかすかに苛立った。

　「あれで案外抒情派であってね、藤村の恋愛詩を非定型で作り変えてみたり、そういう勉強をしていた時期があったなあ。卒業式のあと、大学は経済学部でも、自分は詩をやるんだと張り切っていました。1968年の春だった。君たちの春だったんだね」

　天田さんはしばらく黙り、これまでとは違う表情になって山本君を見た。「先

月末、暑い日だったな、電話がかかってきてそれが井川、十数年ぶりの井川の声だったんです。別世界に行ってしまったはずの井川が確かに昔の儘の声と口調でなつかしそうに語りかけてくる。是非会いたいという。風の便りでは彼はいまや「幹部」だということで、そんな御大層な者に僕は会いたくなんかない。一方でしかし僕は彼の昔の担任教師であり、昔の彼は僕の良い教え子だった。夏休み中でもあったしで、彼に会い、昔話をしようかと家に来てもらったんですよ。彼は一泊して帰って行きました。ほんの少し近況なんかも話してくれてね」

「井川は現在はそういう風にしていられる状況なんですね。ある程度まで自由に」

「昔話の中であなたのことが出てきたのには驚いた。山本さんはいま僕の同僚だといってやったら、こんどは井川が驚いていた。井川の昔話を聞いていて、いまここにいるあなたは世を忍ぶ仮の姿なのかと思ったり、また反対に、彼の思い出話の中のあなたにまぎれもなく僕の同僚であるあなたの素顔を見つけたりといろいろ考えるところが多い時間でしたよ」天田さんは井川があなたに会いたがっているといい、教員室に電話してきてあなたの都合を聞いてくるかもしれない、一応心にとめておいてくださいと軽く頭を下げて「雑談」をおわらせた。山本君は『舞姫』勉強に戻ったが、ノートはもう先へ進まぬのだった。十年余にわたった行方不明から突如としてよみがえってこんな教員室あたりにまで消息を伝えたがってるらしいなにやらの「幹部」井川と、芋づる式に引き出されてくる遠い学生時代の記憶という、降ってわいた新事態に山本君、まずは多大な迷惑を感じた。

井川から電話がかかってくるまでの数日間、山本君のいだいた迷惑感は肥大していく一方、「重荷」をおろした天田さんはすっかり元の無口な詩人にかえってくつろいでしまっている様子で、気持ちはわかるが何となく忌々しかった。いったい井川の「会いたい」にどう対応しよう。会ってみるか、それとも口実を設けて会わないですませるか。端的にいって会うのは嫌で、怖かった。井川は学生時代のはじめから革共同中核派の活動家であり、天田さんによれば1984年現在同派の「幹部」メンバーのひとりである。10・8羽田闘争における大学生山崎博昭の死は高校3年生の井川に良い詩をかかせたかもしれない。しかし1970年の海老原事件、72年の川口事件以降今日までつづく中核―革マル両派間の内ゲバ戦争の死者たちは井川をして一篇の「詩」を書かせるかわりに、戦争を続行中の組織の「幹部」に仕立ててしまった。井川の党が今も続けている類の戦争などに近づくのは真っ平ごめんであって、どうしてもやめられないとい

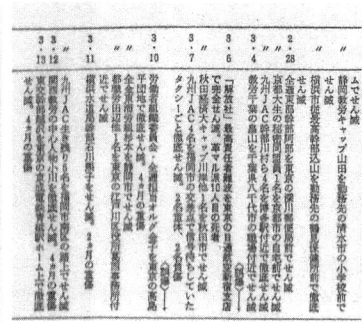

戦争が続いていた。(立花隆『中核 vs 革マル』より)

うなら、じぶんたちだけであきるまでどこか外のほうで勝手に内輪にやっていてくれ。それが正直な心境だったし、山本君はまた「戦争」のルポルタージュ『中核 VS 革マル』(立花隆)を読んでおり、この戦争の犠牲者が必ずしも両派の同盟員、シンパだけにとどまらず、たまたま関係者と同席していた知人なども含まれ、「誤爆」の被害者すら少なくないことを知っている。それでも会うか。会ってみるのか。

山本君はじぶんの心のなかを調べてみて意外にも、会おうかという気持ちが一方に確かに存在していることに気づいた。まちがった戦争の当事者であり、責任者のひとりであるにもかかわらず、危険を冒して地下からおもてへ出てきて、学生時代の知人に会いたがっている相手をただ嫌がり、迷惑がり、怖がっているこの自分は好きになれないなという気持ちが一つ。天田さんは今の山本君を評して「世を忍ぶ仮の姿」なんて描写する。あるいはそうでもないかともいった。じつは山本君じしん今の自分が仮なのか真かよくわかっておらず、そこをハッキリさせたいという望みが最近強くなっていることもあった。不意によみがえった過去＝井川と、じぶんの側もなにかを冒してあえて会ってみることが、山本君には久しぶりで「義」のようなものにつながっていく一つのきっかけになるかもしれない。

井川から電話があったときは、どちらかといえば「会わない」ほうに天秤がかたむいていた。井川の声が昔の井川をだんだん思い出させてくれて、なつかしさがこみあげてきた瞬間、山本君はやっと会おうと決めた。9月10日、16時頃がいい、「あそこならゆっくりできる。君の職場からも適度に近いし」といって井川は山本が下りたことのない東横線 T 駅前の喫茶店「スゥイング」を待ち

合わせ場所に指定し、「じゃ、あさってまた」と電話を切った。

2

　改札口を出るとすぐそこに交番があり、交番の円い屋根の裏側に通りをはさんで向かい合う四階建てビルの２階が「スゥイング」だった。見まわして、うんなるほどと山本は井川の場所指定に納得した。駅正面から北へ100メートルほど本通りがまっすぐにつづき、左右の商店街のたたずまいも、行き来する人の様子も、調べたわけではないが、この私鉄沿線のすべての駅の周囲とほとんど違いというものがないだろう、いってみれば全くの没個性、店頭に山積みされている玩具のセットの一箱みたいな街並である。山本は旧友の井川がこういう風景のあいだを彷徨いつつ、自分たちだけの「戦争」を黙って続けている世界の１人なんだなと振り返って、ぼんやりとしばらく感慨に沈んだ。時間までにまだ数分あった。

　先に来ていた井川は店奥の鉢植えのアロエの葉陰から度の強い近視眼鏡の横顔をのぞかせ、山本にうなずいてみせた。はじめのうちは堅苦しいやりとりがつづいたものの、話が共通の知人天田さんの人物に及ぶと２人ともぐっと言葉が自由になって、それからは肩の力を抜いて話がはずんだ。井川の話し方が声の高さも大きさも調子も定規で計ったみたいに一定していて、使う語彙によっては話しの意味がたどれなくなることがあり、山本は正確にききわけようとして身をのりだしてじぶんの顔と耳を井川の顔に近寄せたりなどした。これは以前の井川にはなかった目に見える変化の一つだった。「天田さんは君を近代短歌の研究者だと紹介して、学校の雑誌に載った君の論文をみせてくれたけれども、一読してああと思った。研究論文というより、十何年かまえに別れた時の山本君丸出しで、なんかギスギスと苛立ちを周囲にたたきつけている様子なので正直ホッとしている。もしや君が和解やら安らぎやらを説きはじめていたとしたら、もう僕の知ってる山本君じゃないから」

　「天田さんは細い、静かな、受け身の詩をかく。人柄も詩の通りだ」

　「僕の恩師さ、詩人天田は。高校を出てからも一、二年の間は先生の家に出入りさせてもらって、先生のほうはあまり話さないから、もっぱら僕が天下国家を論じ、文学を語り、年齢相応の意見雑感をまくしたてたものだった。天田さんはときどき気弱そうに苦笑するだけで、こちらがなにをいおうとずっと聞いていてくれた。君と違ってあの人は論争なんかしないんだ。いい悪いではなくて、僕の尊重している知人のお２人が十何年かたったいまも自分自身でいるの

を面白くも頼もしくも思ってみていますということさ」井川は今年に入って6月くらいから外に出て、この間ずっと会えずにいた知人友人と会うことを自分の任務として始めているといった。君と最後に会ったのは71年、君が当時活動していた新聞会の部室で、あれも論争だったな、党とか大衆とかプロ独とか、互いに意見を言い合ったおぼえがある。あれから13年たった。僕は昔を懐かしみにではなくて、我々のこの現在について君と話し合いに出てきた。論文の中のいまだにギスギスして空の空を撃っている、僕から見たらじつに頼もしいような頼もしくないような君が、こんな1984年の、かつてオーウェルが想像して、いまわれわれが直面している現在をどううけとめ、どう関わらんとしているか耳を傾けたい。僕も僕の立場で語れることを語るつもりで今日はここにきているんだ。

　「しかしどうなんだろう」山本は井川のいう現在を可能な限りはっきりさせておきたいと考えた。「率直にいうが、じぶんは君がこのようにして普通におもてに出てきていることに驚いている。じぶんと君の身がどういったらいいか、心配でもある。君の話せる範囲内で、いまの君が担っている活動と、君の属している組織・運動の現状を知りたい。すくなくとも君がこうして僕なんかとしゃべっていられる位には一時とはわれわれをとりまく状況も変わってきているということなのか。そのあたりのところだ」

　「こんなふうに君と会って、結構立ち入った話だってできる。それがとりあえずわれわれの勝ち取っている現状だと思ってくれていい。打ち明けていえば、君や昔の同志仲間たち、会いたいと思っていた知人たちの現在としっかり向かい合ってみるというのがこんどの僕のいわば組織的任務「でも」あるんだ。80年9月、われわれは白色テロ分子の指揮中枢を打倒殲滅して、われわれの主導によりブル新のいう「内ゲバ戦争」にほぼ決着をつけている。これは僕がおもてにでて半公然活動に移行することを可能にした転換点だったわけだ。僕は党とともにだけれども、新しい気持ちでこの生きた現在に取り組もうと思っている」革マル派との「内ゲバ戦争」はわれわれのほうから仕掛けることはもうない。「戦争」の死者たちが指し示している方向へわれわれは踏み出していく決心でいる。井川はそういって山本を見返した。

　「どういう方向か」

　「本来の戦いの方向へ」

　「革マルとの戦争は本来の戦いではなかったとそれがいまの井川の考えと受け取っていいか。だとすると死者たちは本来ではないところの、偽りの戦いの犠

牲者だったということになる。理屈をいえば」

「僕は今ここから、かれらとかれらの思い出とともに本来の戦いに向かうんだとしかいいようがない。君だって、理屈は理屈として、君なりの本来の戦いに向かうか、向かおうとしているはずでしょう。つまりかつてもまたその時の今なのであり、この今のわれわれをこのようにあらしめているそのかつてなんだ。僕と君をこのように再会させているそのものは、今も生きて僕の傍にずっと佇んでいると思っていてほしい」

井川は再会した知人たちの現況をいろいろ語った。……元中核だったＡは会おうといったら、僕の知らぬ人を立会人のつもりだったのか同席させて、その彼に僕を「この人は東大安田講堂攻防戦で行動隊長をした人だ」なんて紹介してくれたのにはおどろいた。……Ｂなんか「君はいつ立候補するんだ」と大真面目に、あるいは気の利いた冗談のつもりか質問してくる始末だ。自分のことはなかなか話してくれぬので、どうも元中核たちの現状は寂しかったなあ。……こちらにそんな気は全然なかったのに、むかいあっているとだんだん高橋和巳の『憂鬱なる党派』みたいな感じになってきてこれは心外だった。……青木とも会った。君が文学部日吉の自治会でいっしょだった青木行男、あれとは議論した。ユウウツなる議論であったな。

「青木にはいまも時々会う。彼とはずっとつきあいがつづいているよ」山本は青木の奴、井川の不意の登場にさぞかしスリルを味わったろうと、みずからを振り返って同情の念を禁じえなかった。青木は大学中退の後、いろいろと遍歴して、いまは自動車雑誌の編集で能力を発揮していて、天職を見つけたなと山本は羨ましく思っていた。青木とは昔も今も話しが合った。

「青木は僕に対して「不当に」じぶんを閉ざしたというのが、誤解だったらすまないが僕の感想だ。なぜじぶんが情熱を傾けているじぶんの雑誌について、いまのかれの抱負を僕に語ろうとしない？ブントのリーダーだった昔から今日の自動車雑誌編集長にいたるそのかんの前進と後退、飛躍また堕落の具体相を僕はぜひともきかせてほしかったんだ。ところが、彼はじぶんの現在のうちに僕の存在、僕の希望をいれてくれぬようだと感じた。なにか調子のいいことをしゃべってお茶を濁しているとしか思えず残念だ。僕にとっては現在こそが重いんだけれども、元中核や、元ブントの君らには僕も僕の党も遠い昔のほうへ追いやられてしまってこの今には不在らしい。なにしろ「立候補」とか「行動隊長」とか「内ゲバ戦争」とかからさきへは話しがちっとも進まないんだから。一部不徳のいたすところだとしても、僕はやはり不満だ」

　山本はしばらく考えて、「提案があるのできいてほしい。現在は未知で、われわれにとって謎なんだ。君も僕も、青木も元中核たちも、それからもちろん天田さんだってみんなできたら謎を解明し、現在をつかみ、じぶんの「本来の戦い」にこそ進み出たいと望んでいる。謎のこたえはどこにかくれているか。われわれをいまここにいたらしめている時の流れの瞬間瞬間のなかに、つまるところ、今日振り返って時の流れの起点とみなしうるその場所に見いだせるんじゃないのか。たんに昔を懐かしむというんじゃなくて、懐かしさを推力としてたずさえつつ、いったんわれわれが顔を上げて出発した最初の場所へ時をさかのぼって還ってみること。そうしてはじめて現在における転換の方向が見えてくるのではないか。君と君の党の方向、中途半端な国語教師兼短歌研究者である今の僕の進むべき方向は、われわれが新たに見つけなおす過去の中に身を隠している。あるいはわれわれに見つけられるのを待っている。僕はそう感じる」

　井川はブツブツいったが結局、山本の「共同の回想」提案を受け入れた。

3

　1968年4月、山本は1年間受験浪人して大学文学部に入学、井川は付属の高校からそのまま経済学部に進学して、それぞれに日吉キャンパスでの新しい生活がはじまった。新入生歓迎週間中に文連各クラブの説明会があるときいたので、文学をやるぞと意気込んでいた山本は、配られたパンフから「ペンクラブ」というのが山本の思い描く「文学サークル」らしいとあたりをつけて、説明会当日、文連各部の部室がごみごみと雑居する学生会館をおとずれ、ペンクラブと白ペンキ横書きで名乗っている粗末なドアをノックした。部屋のなかは薄暗くて狭く、小さな細い窓からさしてくる光の幅が先着して椅子にかけている何人かの姿をぼんやり浮かび上がらせた。そこにいた3人のうち、ひとりが井川、もうひとりが大下恵子という山本とおなじ文学部新入生、3人目はこれからクラブ説明をするという部の責任者だ。キャンパスに溢れかえってさかんに往来している新入生たちのなかで、文学をやりたいと思っている者が自分をくわえてやっと3名、それがこんな薄汚い小さい部室に小さく集まって、なにか覇気がなさそうに見える部責による説明がはじまるのを致し方なくまっている。張り切り過ぎていた山本は反動で自分と自分の周囲を不当にわびしく感じながら、固い椅子に腰をおろした。縦長の机が一個、椅子がさらに3個くらい、片側の壁に打ち付けた棚には本らしきものが2、3冊並び、印刷物の薄い束が積んである。自分たち4人がすわるともう、床面にほとんど空き間というものがなかった。

予定の時間に15分ほど遅れて、部責氏は立あがって「ペンクラブのマネージャーをしています。経済学部2年、岩本健一といいます」と自己紹介、か細い声で説明をはじめた。この人は長髪、顔色青白く、消え入るようにおとなしい、まず見るからに「文学青年」らしき風情ではたしかにあった。ところが肝心の説明が、声が小さく低くてききとりにくいうえ、話がいつまでたっても「文学」のほうへむかってくれず、山本はだんだんいらいらしてきた。こういうのをいつまで黙って聞いていなくちゃならないのか。新入生からここのところを聞きたいとはっきり申し出て、こたえてもらうほうがわれわれにはよほど有益で

1968年春、出発。（クレー『本通りとわき道』）

はないのか。質問できる機会をジリジリと待っていると、部責氏の話はちっとも文学にふれぬまま一気に夏合宿のプランに飛躍し、バッグから1冊の本をとりだして「これは朝日新聞社で出している安保問題研究シリーズの第一巻ですが、これで読書会をやろうと考えています」とはじめて内容のあることを口にした。ここは新入生の質問する機会だと判断し、山本は思いきって挙手した。

「……われわれはこのクラブに関心をもって、説明会に出てきました。しかしきいていると、これまでの説明のなかに学生運動とか安保問題について評論するような話はあっても、そういう問題もかかえているのだろう大学のなかで、それらに「文学」をもっていかにかかわらんとしているか、してきたかという話がそちらからまったく出てこない。僕はまだ先の予定になる安保問題シリーズの読書会という話ではなくて、いまこれから安保問題も主題の一つらしい、ほかにもいろいろあるじぶんの学生生活の内側から「文学」をもって僕の考えを打ち出していきたいのです。「ペンクラブ」がそういう場であってほしいと思うのですがどうなのですか」山本は年長の部責氏から「文学」について自分の抱負なり考えなりを率直に語ってもらいたいのであり、理解の橋を自分たちの間に架けたいのだった。しかし部責氏のこたえをきいていて、すぐに相手が理解の橋どころか、ただ新入生の勢いに（意見にではなく）圧倒されて、しきりにこの場を取り繕おうとしているだけなのがわかった。これは残念だった。議論する気をなくしてすわった時、ふと顔を上げると女子学生が山本の顔を真っすぐ

見ており、非難する感じではなかったけれども、山本は間が悪くて顔をそむけた。もう一人の新入生井川はじっと無表情でなにも言わなかった。

　部責氏の説明はしどろもどろのまま何となく終了して、それでも「なにか質問がありますか」と新入生たちを見まわした。山本も他の2人も黙っている。かなり長い間。やがて山本はいたたまれなくなり、「僕はこれから用事があるので、申し訳ないですが帰ります」と席を立った。あくまで気の優しい部責氏は「そうですか」とすまなそうに頭を下げ、井川と女子学生はなにも言わず、後に残った。

　「あれがギスギス男山本選手のデビュー戦で、あとに残ったわれわれはずいぶん威勢のいい新入生がいるなあと顔見合わせて笑ってしまった。僕自身はあのとき、部責のたしかに上手とはいえぬ説明にたいして、君とは反対に「文学」を、すくなくとも未知の現在への彼なりの模索の試行をむしろ感じた。「文学」という近代神への健康な懐疑が彼のうちにはじまっており、それが安保問題とか学生運動とか、どう見たって彼の柄でない主題に彼を向かわせていたのであり、僕は文学青年である彼のそうした動揺、とまどい、自信のなさに共感をおぼえた。高校の3年間、僕は天田さんの指導で詩を作り、エッセイをかき、部の雑誌を出した。ただいつも何かが足りないと感じていたんだ。欠けていたそのものが何か教えてくれたのが僕にとっては10・8羽田闘争、同世代の学生たちがやりぬきわれわれに表現して見せた生のかたちだった。詩は白秋や露風のようにでなく、表に出ていって10・8のようにかこう。紙の上に、路上に、権力の壁のうえに。僕の詩に、そしてたぶん天田さんの詩にも欠けていたそのものとはただ一言、行為すること、世界にむかって単純素朴に一歩を踏み出すことだったのだ。ペンクラブ部責のことばは行為へのあこがれを語っていたと思う。安保問題シリーズ読書会によって文学青年の神経をすこし太くするのが彼のとりあえずの行為だとしたら、あの当時としていい意味で「文学的」なふるまいだったといえるんじゃないか」

　「君と僕では10・8羽田闘争の受け止め方にいろんな意味で仕方のない違いがあったし、いまもある。全学連学生らのかかげた「反戦平和」は山や川がそこにあるように誰もがおおむね自然に共有している理念。それをヘルメット、角材、投石で「武装」して警備の機動隊との実力対決で表現するとき、僕は「政治」より、じぶんの知らなかった「文学」の影みたいなものを感じて注目した。しかしながら同時に、10・8とは何よりも闘いのさなかに1人の学生が死に、それが世間から理念に殉じた死と位置付けられた出来事でもあったのだ。テレビ

の画面のなかに表現された「文学」の理念と理念化された同世代の学生の「死」
は衝撃だったけれども、僕の感動には君のとはすこしちがって、僕自身共有し
ているはずの理念から強制に近いものを受けている感じ、したがってかすかな
不本意、反発もそのなかにまじっていた、振り返ってみてそう思わざるを得な
い。第二に、10・8を目撃したとき、君は大学進学に何の問題もない付属高校の
3年生という身分だが、僕のほうは高校を出ていて受験浪人中、予備校の生徒
だった。現役で大学に入った高校の同級生の何人かはじぶんもヘルメットかぶっ
て 10・8 に参加し、僕が渋々英単語の暗記なんかやってるところへデモスタイ
ルのままあらわれ、なんだ、受験勉強か、革命は近いんだぞなどと気炎をあげ
ていい機嫌で帰っていく奴もいた。また僕の通った予備校の英作文の先生が『何
でも見てやろう』の著者でべ平連代表でもある「小田実」だった。先生の授業
はそんなでもなかったが、先生の本を愛読していた僕は、敬意をはらって聴講
した。68 年 1 月、米原子力空母エンタープライズの佐世保寄港に反対して、現
地佐世保で 4 日間にわたって「反日共系三派全学連」を中心として大規模な闘
争が行われたさい、予備校で授業中の小田先生は入試を目前にして最後の追い
込みにかかっていたねじり鉢巻きのわれわれにむかって、ふだん雑談、余談と
いうことをいっさいしたことのないこの人が不意に授業の流れをとめて照れく
さそうに笑い、「君たちもいますぐ、こんなことすべてを放り出して佐世保に飛
んでいきたいだろうと思う。気持ちはわかる。でもあとすこし、ここは耐えて、
ふんばって受験準備に集中してもらいたい。大学と君たちの先輩たちは、君た
ちとともに闘える日のやってくるのを待ってくれていると思うよ」高揚した口
調でいい、それからまた授業にもどるということがあった。われわれは思わず
先生の顔をじっと見つめてしまった。受験浪人われわれを先生流に励ましてく
れていることはみんなわかっていた。しかし先生をしてめったにない余談にお
もむかせた心情の中身のほうはわれわれの大半が不可解で、すこし理解できる
部分についても、小田先生が期待してくれていたかもしれぬほどには共感的で
はなかったと思っている。僕は当時、先生の善意よりも、先生の「励まし」に
当惑を禁じえなかった受験生仲間のほうに連帯感を抱いた。僕はいまも小田実
の生涯と仕事を尊敬している。ただその仕事には間の抜けたところがあって、
それも小田の仕事の魅力の一つだと僕は考えているが、それにしてもなあ」
10・8や佐世保の経験が「文学」の未知の可能性を垣間見せたというのはわかる
が、それは可能性の全部では当然ながらない。小田実、ペンクラブの部責、そ
して井川の「文学」にはこの「当然ながら」の自覚が弱いと山本は指摘した。

　「自分は10・8羽田闘争で反戦平和の理念に死に、かつ生きた同世代の学生のあとに続こうと志して大学に進んだ。「文学」ということを「革命」の随行者、全体を構成し支える重要ではあってもあくまでその一部分と考えていたので、そこの違いがペンクラブでの我々の初対面の時にすでに出ていたと思う。本物の詩人の天田さんだって詩は生活の一部分だろうし、ましてペンクラブ部責氏や僕なんかにいたってはね。ところが詩も小説も書いておらず、じぶんの「文学」の実際をまだ公に示したことのない1年坊主の君が、君の「文学」とやらの一部分としか「革命」を見ていない。それだから君は10・8の死んだ学生から呼びかけられるのではなくて、はねつけられたと逆様に受け取って鬱屈すると僕は見る。世間に対して君はわれわれより頭が高い、腰も高いというのが当時の僕の感じだったな」井川はペンクラブに入部する一方、立候補してクラス代表になり、自治会活動にかかわっていく。慶大は大きく日吉（教養課程）と大学本部のある三田（専門課程）に分かれ、学生自治会は三田と日吉の両キャンパスの学部ごとに組織されている。井川の加わった日吉経済学部自治会は1、2年の各クラス代表の互選で「委員長」以下数名の執行部を構成し、党派的にはフロント2にたいして中核が1の割合で、1人が無党派という顔ぶれだった。4月の終わり頃には、慶大中核派のキャップでもあった「日吉経自副委員長」木原博と親しくなり、だんだんペンクラブからは足が遠のいていく。ある日、たまたま顔を合わせて、そのさい正直に事情を話したところ、文弱の部責氏は「そうですか」とこれが人生だというみたいに寂しげに了解した。

　山本はペンクラブに入らず、クラス委員に立候補もせず、ただ授業に出席して、合間にはただ1人でこれといってあてもなく日吉の丘を彷徨い、ひとりして単に若く、自由である境涯を楽しんでいた。4月、5月といい天気の日がつづいた。高校のクラスメート狩野武は山本同様1浪しておなじ文学部に入学後、クラス委員になって日吉文学部自治会で活動し、自治会ルームに常駐して元気よく頑張っていた。講義のある教室に向かう途中の山本を呼び止めては、内側から見た「学生運動」にたいする発見や疑問、じぶんの考えの広がりなどを生き生きと話したものだった。文学部学生が日吉ですごすのは1年間だから、日吉文自治会は執行部も1年生だけであり、全員無党派、比較的自由に考え行動できるからいいと狩野は打ち明け、誘いはしなかったが、山本にとってもそんなにつまらぬところじゃないかもしれないよとさりげなく表情で言葉の調子で伝えようとした。山本は話をききおえると、例によってじゃこれから授業だからといって歩き出し、狩野は笑って軽く手を上げた。

4・1　王子野戦病院設置反対闘争において学生、労働者、市民のデモが警備の機動隊と衝突、一市民が死亡した。ベトナム反戦運動の大潮流のなかで、2・20にはじまった王子闘争は3・3、3・8と機動隊との衝突、乱闘を反復し、28日には学生の一部が病院内に突入して将校クラブを一時占拠するなどして、この4月1日ついに反対派市民のなかから犠牲者を出すにいたる。

4・3　共産主義者同盟（ブント）第7回大会で「統一派」と「マルクス主義戦線派」が対立、前者が10・8羽田闘争を起点に、1月米原子力空母佐世保寄港反対闘争、成田空港建設反対闘争、2月からの王子闘争と連続する三派全学連の主導による街頭実力闘争を高く評価、「組織された暴力とプロレタリア国際主義」と総括したのにたいして、「マル戦派」は「小ブル革命主義」と批判してこれをうけいれず、最終的にブントから分裂して別党結成に向かう。ブントの学生組織「社会主義学生同盟」の活動家と各大学のブント系の自治会にはマル戦派指導者岩田弘の理論的影響がおおきかったものの、一方で街頭実力闘争の中心となって戦ってきた経験、自負から、その多数は「統一派」の総括を受け入れてブントにとどまった（慶大日吉法学部自治会はマル戦派の拠点の一つだったが、分裂以後もブントを名乗って活動している）。

4・11　日大で発覚した「使途不明金20億円」問題に抗議して、日大生有志が学内に抗議文を掲示。日大当局はこれを剥がし、集会を禁じた。

4・28　第16回沖縄返還デー。那覇市で決起大会、海上でも集会した。

5・2　沖縄、米軍基地撤去要求のデモ隊が嘉手納基地ゲート前で米兵と対峙、衝突した。

5・6　佐世保入港中の米原子力潜水艦ソードフィッシュの周辺で異常な数値の放射能を測定した。9日、在日米大使館、原潜より放射能流出なしと言明。13日、科学技術庁調査団は異常放射能の原因は米原潜と発表した。

5・8　厚生省はイタイイタイ病の主因を三井金属鉱業神岡鉱業所が排出したカドミウムによる公害病と認定、国としてはじめて産業公害にかんして企業責任を明示した。

5・10　フランスにおける「五月革命」。神田・御茶ノ水地区の大学のある活動家学生は新聞で、花の都パリで「カルチェラタン」闘争＝解放区創出の闘い、と報じた華やかな記事を読み、霊感を得た。

5・23　日大で経済学部から本部前まで、日大生によるはじめての「二百メートルデモ」が敢行された。25日、大学当局は秋田明大以下16名を処分、学生側はただちに処分撤回要求抗議集会を開き、全学的闘争体制の確立を決議した。

27日、闘う日大生は当局にたいして、経理公開、学園民主化を要求して日大全学共闘会議を結成、議長に経済学部四年秋田明大を選出した。

4

6・2　米軍板付基地所属の偵察機F4ファントムが九大構内に建設中の電算機センターに激突炎上、乗員は脱出し、日曜の夜でもあって死傷者なし。かけつけた学生らは基地撤去を要求して気勢を上げた。以後九大闘争へ。

6・3　「朝日新聞」は慶大医学部が在日米軍の「援助」のもとに「細菌」研究を行っていると報じた。「朝日」の反戦反安保キャンペーンの一環である。（山本は家でずっと朝日を購読しているが、この記事は読み落とした。かりに読んでいたとしても、これを「じぶんのこと」として切実に受け止めたかどうかはわからない。必修語学の授業で週に数時間一緒になるクラスの連中とのあいだにほとんどつきあいらしきものがないまま、山本はしかたなく自分のなかに閉じこもって共感のない眼を他人たちに向け、虫の居所が悪い時には腹の中で、この連中はどうしてこんなに安心してるんだろう、じぶん自身にこんなにも満足できるんだろうなどと独りわびしく八つ当たりしていた。入学後2か月たって、頭の高い山本にもこの頃他人たちや「連中」どもにもむかってこのじぶんを打ち明けてしまいたいという気持ちが微かに生まれかけていたのである）。

6・11　日大全共闘は経済学部本館前で全学総決起集会を開き、古田会頭に大衆団交を要求した。古田当局は体育会・右翼暴力団を動員し、無防備の学生らにたいして角材、牛乳瓶、放水、日本刀をもって襲撃せしめ、機動隊も連携して学生たちを排除した。全共闘側はただちに法学部3号館を占拠、各学部バリケードストライキの先陣を切った。

6・15　午前4時を期して、東大医学部全学闘30名、東京医科歯科大学のブント系学生50名は、赤ヘルメットに覆面、角材で「武装」のうえ、安田講堂正面から突入し、「医学部不当処分撤回」「研修協約締結」「青医連公認」等の要求をかかげて占拠した。

この日、「六・一五記念・ベトナム反戦青年学生総決起集会」が全国24都道府県約70か所で開催、東京では日比谷野外音楽堂に青年労働者、三派（中核、ブント、社青同解放派）、革マル、フロント等の学生ら7,000名が参加した。が、開会の直前に、以前から「街頭実力闘争」の評価をめぐって対立を深くしていた中核派と革マル派が激しく衝突して旗竿、角材をふるって乱闘になり、予定した統一集会、統一デモは中止に追い込まれた。これを機に、闘う側の全戦線にわたって左右の分裂がはじまり、10・8羽田闘争以後、反戦反安保のたたかいを牽引し

てきた「反日共系三派全学連」は分解にむかった。

「……僕は木原から説明指示をうけ、経自の仲間数人とともに中核の白ヘルメットをかぶって集会に参加した。「革マルが集会とわれわれに対して闇討ち的にしかけてくるかもしれない。闘う部分の統一戦線を分断し、権力に迎合して分け前をかすめとろうというのが連中のライフワークだ。われわれは防衛隊を用意している」木原はいい、去年 10・8 の前夜、まだ新米だった自分は恐怖で一晩中眠れなかったとそっけなく付け加えた。僕も怖くてその時を待ってじっとしていたのだけれど

慶大日吉、並木道はゆるい坂。

も、遅れて会場入りした革マルがいきなりわれわれに向かって襲撃してきたときには、恐怖より汚いことをやるという怒りのほうがおおきくて自分も素手で防衛隊といっしょになって反撃した。革マルのやり口は計画的だったが、われわれもかなり善戦したと思う」集会のあと二、三日して、井川は木原に中核派の戦列に加わりたいと申し出た。「入党」するという気持ちだった。日頃からあまり表情というもののない木原がこの時ばかりはすこし顔をひきつらせ、本人はそれが微笑のつもりらしくて「ともに頑張っていこう」といって握手の手をさしのべてきた。

「迷いはなかったか。井川はまだ 19 で 1 年坊主だったわけだが」と山本がきくと、「それは夕べに死すとも可なりとまではいかなかったさ。でも、とにかく道が見つかったんだ。党という規範、生の基準が自分のちっぽけな存在の内になんていえばいいかどっしりと備わった。一つの確固たる基準を得てはじめて、この自分の考え、生き方を現実世界のなかに作り上げていくことが可能になったのであり、それを 19 で自由意志に基づいて選択できたことはいわば「恩寵」だったと思っている」井川は力をこめていった。

6・17　東大大河内執行部は申請して機動隊を導入し、安田講堂占拠を解除した。これにより、医学部処分問題にはじまった東大闘争は全学に拡大、各学部がストライキに突入していく（7月2日、安田講堂は再び占拠された）。またこの日、東京山谷で、労働者 2,000 人が暴力手配師の取り締まりを要求して交番に投石、放火するなどした。

　6・18　慶大医学部の「米軍資金導入」問題について、「全塾自治会」委員長林ら執行部メンバーは当局側久木常任理事らと理事会見を行い、全学的公聴会の開催を要求した。「米軍資金導入拒否闘争」のはじまりである。（慶大には三田と日吉それぞれに、全学部の各自治会からさらに代表を出して三田に「全塾自治会」、日吉に「日吉自治会」が設けられている。大学当局と学生側が向き合う場合は、三田で常任理事会に対して全塾自治会が交渉の相手となる）。

　6・21　ブント系の学生らがアスパック（アジア太平洋閣僚会議）に反対して「神田カルチェラタン」闘争を繰り広げた。赤ヘルの学生らは路上に簡単なバリを作り、すぐに壊され、また作り、駆け付けた機動隊に投石したりと縦横に走り回り、ある学生は君たち何をしているのかと質問してくる見物人に「フランスの真似です。高英男や中原美沙緒のシャンソンみたいに」といって笑った。

　この日、慶大常任理事会において、以下のとおり決定。6・26に理事会見を予定して、制限事項を設けること。学生側参加人数は30で全塾自治会の代表者に限る。時間は2時間以内。参加者の名簿の提出。（以後、日吉キャンパスにおいては、米資問題解決に当局側が課してきた「制限」を突破すべく連日中庭集会、クラス討論会が展開されていく。解決の主体は米軍と「共同」してきた大学当局ではなく、「共同」を拒否する学生、教職員の闘いである）。

　普段よりキャンパスに人の数が多いなと、山本はそれがどうしたというのではなくて単に虫を軽く払うようにちらと感じた。必修語学の教室へ向かって慣れてしまったいつもの階段に差し掛かったとき、誰かが肩にさわった。

　「僕だ。待っていたんだ」狩野は山本を正面ロビーの隅のほうへつれていって、「クラス討論の件でお願い。本当に困ってしまって、君に頼むしかいまはない。君のクラスの大石君か、クラス委員なんだが、彼がこっちの呼び出しになかなか出てきてくれず、さっきやっとつかまえて、クラス討論を司会して意見をまとめてほしいと頼んだが学生運動の手伝いはいやだの一点張りだ。それは誤解であって、これは我々の通う大学が米軍資金と関係して、だれも望まない問題をかかえてしまっているのをどう解決するかというまさに足元の問題であり」

　「ちょっと待ってくれ。おれはこれから授業があるんだ。やれることだったらやってもいいから、授業が終わったらまたちゃんと話そう」山本が離れようとすると、

　「おいおい、なんにも知らないのか。いまは学生も教員も授業どころじゃないんだぜ」狩野はやれやれと苦笑して、迂闊な山本の知らぬ大学の現状を詳しく語った。米資問題の要点を説明したあと、「大学当局は一言で言って問題の解決

から逃げようとしていると僕は考えている。「公聴会」だが、格好だけこれまで
の米軍資金との関係を弁明し、反省してみせて、事態を乗り切ろうとしてるに
すぎぬ。医学部の「細菌研究」が米軍のベトナム戦争に「活用される」研究だっ
たとしたら？ われわれの杞憂だというなら、われわれが納得できる説明、戦争
に加担する政治からの大学の自立をしめす明朗な態度表明が望まれる。当局を
問題から逃がさぬために、この日吉でわれわれ学生の米資導入反対・当局にた
いし自己批判要求の意思を表明したい。いや、山本にそういう意見をクラスで
いってほしいというんじゃない。君は君の意見でやって当然だ。頼みというの
は、これからのクラ討で（各クラスの担任はじぶんの授業時間を使ってのクラス討論を
うけいれてくれた）君に討論の軸になってもらいたいんだ。自治会のメンバーのひ
とりが問題の説明に行く。そのあとの討論があの大石君じゃ始まらないだろう。
クラスメートをオルグするというんじゃなくて、かれらが君のやり方で自由に、
自分の意見を発表しやすい状態に討論をもっていってほしい。とにかく君の
クラスも、担任が譲ってくれた時間を米資問題の討論で使ったといえるように見
ていてもらいたいんだ」

　「反対運動への協力ではなくて、米資問題討論会への協力ということね。でき
るかぎりやろう」山本が恩着せがましく了解すると狩野は見るからに安心した
様子で自治会ルームのほうに帰っていく。まあ、適当に、恰好だけやってみる
かと山本は無責任に考えた。狩野の奴、おれが米軍資金のことを知らぬのを心
底驚いていたが、驚かれた自分と驚いた狩野とどっちがまっとうといえるのか、
我慢して頼まれごとをやってみることでハッキリしてくるかもしれない。山本
はほんの少しこころが前を向くのを感じた。入学した時の「ペンクラブ」説明
会の日以来久しぶりに。

　山本のクラスのほぼ全員が顔をそろえた教室に、あわただしげに狩野のいう
「自治会のメンバーのひとり」がやってきて、「米資問題」の説明にとりかかった。
あとになって山本はこの「自治会」氏が文学部でなくて法学部自治会の２年生
だったと知ったが、問題のわかりやすい説明に終始して、特に「自治会」や自
分自身の意見を訴えようとか、無知な１年生を「オルグ」してやろうとかの計
らいは感じられなかった。

　「質問がありますか」彼は説明をおえて教室全体を見まわした。「自治会」氏の
正面にはクラス委員の任務を果たさない大石がふんぞりかえって、その押しの
強そうな鈍感な顔を上げ、いいたいことがあるぞという態度を示している以外
は、なんだかみんな臆したようにうつむいて静かにしているのだった。山本は

見ていて、これまでほとんどつきあいというものがないおとなしくて品のいい
クラスのみんなに不意にこっちから寄っていって肩をたたいてやりたくなるよ
うな衝動を覚え、大石のほうにはいいから今日のところはふんぞりかえってる
だけにしておけよと心で呼びかけた。山本はこのクラスに入ったはじめから、
ひとりで悪く目立っていた大石の言動に、べつにこの男に具体的になにか実害
をこうむったわけなどないのに、われながら理不尽かもしれぬと時に反省しつ
つなにかにつけて忌々しさを感じていたのである。

　「質問があります」案の定というか、心の祈りがとどかなかったというか、大
石が物々しい顔つきで挙手して心情の披歴にとりかかった。「われわれにたいし
て、授業をつぶして「クラス討論」を提起しているあなたたち自治会（僕たちと
は僕はいえない。僕はクラス委員だけれども、そんなものを提起しなくてはいけないと考え
なかったから）の真意をわかりやすく説明してほしい。一番聞きたい肝心のとこ
ろの説明がないか、足りないと思う。そもそもわれわれ一般学生に米軍資金問
題をめぐって、クラス討論をとおして、自治会は何を求めているか。僕は自治
会の「真意」を想像し、疑って、不信があり不安があるのです。率直にいいます。
自治会の活動的メンバーは新聞テレビで頻繁に見聞きするヘルメット、覆面で、
なにかというと角材振りかざして警察と立ち回り演ずるああした連中、「全学連」
とどうつながっているのか、つながっていないのか。どんなかたちであれつな
がっている事実があるなら、米軍資金問題の解決、そのための「クラス討論」
といっても口実にすぎない。全学連だって政治の一種だろうし、それも暴力的
だから悪い政治なんで、僕はそういう政治に協力したり利用されたりは願い下
げだ。問題の解決ですか、それともそんなものは口実で、真意は自分たちのケ
チな政治の点数稼ぎ、勢力拡張ですか。問題解決をまじめに追求するとします。
解決はこの場合、その主体は一義的には大学当局が担うべきです。慶大医学部
がかなりの期間にわたって米軍から研究資金の提供を受けてきて、大学内外か
ら米軍の現におこなっている戦争とその「資金」が関連付けられてスキャンダ
ルになっている。当局は「資金」を辞退し、併せて米軍資金導入のいきさつ、
研究内容の説明をおこない、世間を騒がせたことに反省を表明する。これで基
本的に解決でしょう。本来の大学生活に先生たちもわれわれももどれるし、そ
れこそが自治会を除くみんなの望む解決でしょう。自治会製「クラス討論」な
ど不要も不要、むしろ解決の反対へいくことになりかねないんじゃないか」僕
らはなんであれ利用されるのは真っ平だと大石君、感きわまって声を高めた。
　「まず、僕は君同様「角材」とは目下のところ縁なく暮らしています。デモに

は何回か参加したことがあるけれど、だからといってこれで「全学連」だと自
己紹介したらそっちのほうが嘘でしょう」自治会氏の言葉にすこし教室のなか
がどよめいて、そうだそのとおりだという雰囲気になった。「君は学生自治会に
ついてなにかまちがった思い込みにとらわれているのではないか。自治会とは
われわれ学生の生活と権利を防衛し、われわれの大学を外部の権力から自立し
た、反戦平和の理念に基づく教育研究の砦に不断に高めんと努める機関である。
これは文部省から僕のような一介の学生にいたるまで、一致している定義だ。
したがって君の不信に発する自治会＝われわれの敵、学生生活の妨害者という
見方は、一つの意見であっても、定義として正しくなく、事実にも反している
ことを、冷静に自分の周囲を見回しさえしたら、たいていの人は納得できるは
ずと僕は考える」米軍資金導入は教職員、学生が共有している理念に照らして、
学生を含む大学人全体がいま真剣な解決の努力を求められている問題だ。とも
に解決に取り組んでいこうではないか。それは自分の問題ではないとせっかち
にいわずに、とにかく討論、話し合いをとおしてもしかしたらこれは自分自身
の問題でもあるかもしれないと思えるようになったら、それがクラス討論の意
義だと思う。もちろん討論の結果、これは自分以外の誰かのことだと確信する
という人だってありうる。しかしその人でさえ、はじめからちがう考えの他人
と討論することを拒んでいる人よりは、問題への取り組みの努力によって自分
を「高めた」といえるのではないか。自分を前進させる方法として討論という
機会もあたえられていると考えてはどうか。

　大学1年生たちに向かって、非「角材」的自治会氏は、大学生活の理念と希
望を語り、対して大石1年生は「理念」を疑い、希望でなく「漠然とした」不
安を表明した。山本を含む大多数は希望と不安が半々なのであって、自治会氏
と大石の両者とも、少しずつ嘘をつき、意識的にか無意識でかじぶんの考えの
肝心なところを省略しているように思えた。学生自治会と「全学連」の繋がり
具合について自治会君の説明は子供だましだったし、大石の不安、不信感の表
現は不当に誇張されていて、かえって自治会君以上に「政治的」に映る。山本
の同情はどちらかといえば希望を語る自治会氏のほうにあったけれども、一方
で不安、不信を強調する大石にむしろ自分との近さを感ずるところもあり、「討
論の軸なんかになる気はないぞ」と山本は自分にいいきかせつつ、議論の行方
に興味が増していく。1人2人と質問に立つ者が続き、論議はしだいに米資問題
の中身をめぐって大学側と自治会側の考え方、問題への対処方針の違いの評価
に移った。自治会君の説明は当局にたいして批判的ではあっても、違いの説明

自体はおおむね公平なものだったようだ。医学部の米資導入、大学当局の対処姿勢にたいする賛否の意見をいいあう段階になると俄然議論は活発化した。

　「ちょっと待ってください。違う考え、べつの議論にも耳傾けてよ」大石は立って両手をひろげて夢中に言った。「米資導入の是非の議論の以前に、米資導入を問題にして、自分たちの問題として、ちっとも自分の問題なぞと思っていない学生もいるだろうわれわれ全体に押し付けてくる考え方のほうがよほど問題ではないか。米資導入が一つの問題である。それは僕も認めましょう。が、それは我々の生活のなかの全部ではない。一つの問題であっても、僕の問題ではないよという考え、そういえる自由、生き方をはじめから排除してかかってる「説明」であり、「議論」になっている、それは特定のイデオロギー、党派による押しつけであり、僕は反対だというんです。そういう問題が好きでたまらない人たち、自治会が命の人たちはどうぞ頑張って問題にしてください。「理念」など振り回して趣味のちがう僕なんかをあなたがたの趣味生活に巻き込まないでください。医学部において米資導入を受け入れ、その支えで「細菌」研究を続ける決断を下したのは大学当局なのだから、結果の始末は当局が負えばいい。米資問題を問題の一つに限定して、米資問題などにわずらわされぬ生活を学生われわれに保証するのが大学と学生自治会の任務ではないですか。クラス討論などより意義ある生活に向かって、皆さんはそれぞれの仕事に励んでください。僕のせっかくはじまった大学生活を邪魔立てしないでもらいたい」

　「米資問題は我々の生活の一部という。それはおっしゃる通り。が、いまはこの場で、米資問題を引き去った残りのその大部分が、それの中身が一部にすぎぬはずの米資問題のほうから問われているので、単にそれは僕の問題ではないといっても問いをやめてくれぬのだから、われわれはいまここにこうしているわけです。米資問題を早く消去したいと願うなら、問題解決に、僕らの生活の大部分、ないし自分が必要と考えるだけの部分を投じて僕じしんとして取り組むしかない。みんなの議論をきいていてそう思った」山本は自分で耐えきれぬと思えるほど早口に、一気に、堰を切ったようにしゃべった。大石という初めて見た時から不愉快だった男、これがなんで理不尽なくらい自分を反発させているか、この時ひらめくように山本は理解したのだった。この鈍感男の正体はつまるところ、自分と同じうっとおしい「我」男だったのであり、違いは１点、大石が外に対して自分の「我」を守るに値する何物かと素直にというか、馬鹿らしくもというか信じていられるらしいのに、山本のほうはこの「我」をのりこえて、背後をなんらかの絶対にささえられている外の未知の部分に自分の手

を届かせたい、触れたいと望み、それが得られぬのでいつも苛だっているんだということ。自分の反発は大石への妬みだったのであり、それがいまほとんど肉体的にわかったのである。「……われわれはこうして討論しているが、ベトナムでは米軍による戦争が続行中で、多くのベトナム人、アメリカ人、市民、兵士たちが戦争のなかの死を死につつある。米軍の戦争はわれわれの思いから独立に、直接にも間接にも、この世界にあるわれわれの思考行為を規定している。米軍の戦争に規定されている「平和」は汚いと僕は感じる。……われわれはそれぞれに私じしんとして、当面は米資問題の解決に向かって、大学当局の対処の具体を見守りつつ、「自治会」たちのようにではなく、「自治会」たちとともに考え行動してみてはどうか。僕個人は米資問題への自分なりの関わりを、米軍の戦争に守ってもらうのではない世界を思い描く機会にできたらと考えています」

終業のブザーが鳴ったとたん、クラスメートたちはすっと立ち、なんにもなかったみたいにひとりひとり、黙って教室から出て行く。山本は大石などに我を忘れて反撃に出、無我夢中でしゃべりまくってとめられなくなった不覚を恥じ、自己嫌悪におちいったが、一方でなんとなく、これまで壁のように感じていたクラスメートとのあいだに風が通って、大学がほんの少し近くになったようにも思えた。

「問題がおもてに出てから、自分は「反戦会議」(中核派の活動組織) の立場でクラスの仲間や他学部のやる気になっている連中にはたらきかけ、大学当局を問題から逃がさぬ闘いを担った。米資問題にきっぱりと決着をつけるため、われわれは全学ストライキをめざして、日吉、三田、信濃町 (医学部)、小金井 (工学部)でクラ討を組織し、当局を包囲せんとした」井川らは当初から、日吉におけるスト権の確立を第一目標にしていたという。クラ討、中庭集会の反復、積み上げ。日吉と三田で学生大会をやりぬくこと。東大、日大につづき、慶應にもそういう時がすでにきていたのだと井川は当時の活動家たちの気持ちを代弁した。

6・25　全塾自治会は理事会にたいし、「制限事項」に基づいた名簿を提出した。

6・26　15時より三田531番教室において「米軍資金拒否全学統一抗議集会」が開かれた。三田西校舎会議室では学生側を「制限事項」で拘束した理事会見がはじまっている。抗議集会はここ531番教室へ久木理事を「来させるため」交渉団派遣を決議、代表団が会議室に赴くも、久木理事は拒否したので、こんどは多数の学生らが会議室に押しかけ、再度理事会見の場を531番教室に移し、学生らにたいして大学側の問題対処の姿勢を説明することを求めた。長時間に

わたった交渉により、久木理事は学生側の要請をうけいれ、19時40分、会場を531番教室へ移す。

久木理事は米資問題解決へ向けて「公聴会」開催の努力を約束し、明日27日に常任理事会を開き、結果を同日正午三田中庭で発表するとした。

この日、中核派学生らにより、「米軍タンク輸送車通過実力阻止」新宿闘争が行われた。

6・27　常任理事会は学生側の「公聴会」要求を受諾、7月1日、15時より三田で開催と決定した。

6・29　「7・1公聴会議長団会議」が開かれる。論議の紛糾するなかで、久木理事は「いいかげん、君らの決まり文句はききあきた。君らのは議論ではなく、時間稼ぎにすぎない。われわれにそんなものにつきあっている暇はない」と放言し、学生側は公聴会を決定機関と考えているじゃないか、話がちがうよと会議を打ち切った。18時、常任理事会は公聴会延期を決定、理由は「学生が決定機関だといった。大学内にことばではなくて角材が持ち込まれている」というものであった。

6・30　新宿花園神社でフーテン集会を開催、その後参加者の一部が交番を投石等で襲撃した。三里塚空港粉砕全国総決起大会があった。

この日、慶大塾長は全塾自治会にたいして、7月1日付けで「（米資）辞退声明」を出す、これにより米資問題は一応解決したとみなす、したがってもはや公聴会開催の必要はないと通告した。反発した一部学生は塾監局（三田の慶大本部棟）を封鎖せんとしたものの、職員の手ですぐ解除された。（塾長による突然の「通告」は塾長と一部理事の独断でなされたものであり、学生のみならず、理事の多数および教職員の大多数にとってもとまどい、混乱せざるをえぬ不意打ちであった。以後事態は急激に、「問題解決」から逃亡を企てている当局にたいして、一般学生をまきこんでの全学的「ストライキ体制」構築へ動いていくことになる）。

5

「ふりかえってみると7月5日の「日吉学生大会」のころまでは全塾自治会が三田で、日吉自治会が日吉で、米資闘争をずいぶん立派に引っ張っていたと思う。ところが一方では全学闘争委員会（全学闘）が結成されており、われわれ学生大衆にいわせると何かなし崩し的に、特に夏休み期間にはいってからはその全学闘のほうが自治会を押しのけて闘争の主体になっていたという印象なんだ。この全学闘と自治会の組織としての区別と連関がどうなっていたのか、活動家

だった井川の説明を聞きたい。というのも、全学闘という集団には最初から見ていて「組織」という感じがなくて、僕なんかもずっと後になって自分までがまわりから「全学闘の一員」と思われていたときかされたとき、誤認逮捕された男みたいな気持ちを味わったものだ。全学闘の生い立ちにどういう物語があったのか、そこが知りたい」

「君のような米資問題についてよく物言う「学生大衆」がすでにして全学闘メンバー候補だったのさ。いうだけでなく手足も使って米資粉砕に動き出せば、それで全学闘になる。われわれは「ポツダム自治会をのりこえて」という言い方で、こういうありかたを新しい団結形態とみなして評価した。東大全共闘、日大全共闘に米資闘争の慶大も後続したわけだ」

「全学闘は僕の知るころには「学生大衆」連合ではなくて「諸党派」連合になっていたが」

「両面があったのだ。大衆と党派と、どっちか一方が悪玉という話ではない。全学闘の両面のその関わり具合、対立と統一のすがたを批判的にたどり直してみる必要があるかもしれない。闘争の最初のころ自治会が「主導した」といっても、各クラスの委員には君のクラスの大石君みたいな違う闘争をやりたいタイプが決して少数ではないのだから、自治会の枠の内外を問わず、やる気のある人どんどん手伝ってくれないかということに自然になっていく」井川はいう。「手伝う連中がまた自治会メンバーに提案し、手伝うだけでなく、自分たちのほうがむしろ自治会執行部に方向を指示する場面だってでてくる。自発的に加わってきた者たちの活動がしだいに自治会の指導をまわりから包み込んでいくのであり、そうした自発的活動者として諸党派に所属している者たち、われわれ「反戦会議」のようなグループもある、それが全学闘の発足時の状況だった」

わが日わが夢（二）

金井広秋

　3月27日、参院衆院の予算委員会室で午前と午後、「森友問題」にかかわって元国税庁長官佐川宣寿氏にたいして証人尋問がおこなわれた。テレビの画面を眺めていささか感ずるところがあったので、以下にしるす。第一、喚問され、責任を問われている佐川氏は当然ながら背水の陣、わが一身の社会的・個人的生命を防衛せんとして必死であり、対照的に問う側の議員たちのほうは、必死は必死でも、どちらかといえば自分と自分の党が選挙民の眼にどこまで清く正しく映ずるかというやりくり算段の宝塚的必死が半分以上で、いきおい相手の追い詰められた生き物のそれでもなお生きんとするいわば「採算」を無視した必死の闘魂に気圧されているように見える場面が多くて遺憾だった。第二に、証言中の佐川氏の様子であるが、時に愚劣な質問に驚いて眼を剥いてみせる表情や、ぎくしゃくしたやや誇張気味の立ち居振舞いから、かつて吉本興業に所属して故横山やすしとコンビを組み、のちに参議院議員をつとめた「西川きよし」氏の風貌姿勢が自然に連想された。また吉本というと遠い少年時代、我が家にテレビがはいってすぐのころに毎週、吉本喜劇・茶川一郎主演『一心茶助』を楽しみにして見たことを思い出す。僕は何をいいたいか。ようするに佐川氏の正体は巷間ささやかれているような「一心太助」ではなくて「一心茶助」ではないのか。佐川氏の言動のそうした本質を看破できなかった追及側の議員の人間観の浅さ、勉強不足を、問題にしていくべきではないかと僕が考えているということだ。

　茶川一郎演ずる「茶助」が大久保彦左衛門宅の門前で〳〵こいさーん、こいさーん、と張りのある美声でよびかけると、きまっていつも奥のほうから夢路いとし演ずる「老彦左」が〳〵男であること、あー、夢見る―、と歌いながらヨタヨタと顔を出す。大阪・東京間の「遠距離恋愛」を切なく歌い上げたフランク永井のヒット曲『こいさんのラブ・コール』(昭和33) のパロディだ。佐川元長官の「茶川」性、さらには畢竟佐川氏が「男であってくれること」をただただ夢見ているにすぎぬ安倍官邸の「夢路いとし」性を、国民のまえに賢く暴き出すことが、

「森友問題」をめぐってこんご野党に課される仕事であろうと僕は思うのだがどうか。（付註。茶川一郎＝1927年3月東京市浅草生まれ。2000年11月大阪市中央区において死去した。享年73。1945年、浅草軽演劇の木戸新太郎に弟子入り、翌年キドシン一座のメンバーとして初舞台を踏んだ。55年からは大阪に拠点を移し、58年にABC放送『やりくりアパート』に出演して人気を博し、以後は大阪を中心にテレビ、舞台で活躍した。最近衛星放送で高橋英樹主演『桃太郎侍』を見ることができるが、茶川一郎は江戸浅草の食事処「上方屋」主人「熊造」役で好演している。浅草と大阪の対立的統一である「茶川」の演技と、「近畿財務局」と「本省」の対立葛藤を一身に具現した「佐川」氏の人生はふしぎな由縁で繋がっているようだ。夢路いとし＝1925年3月横浜市鶴見区生まれ。2003年9月兵庫県内の病院で死去した。享年78。実弟である相方・喜味こいしとのやりくり漫才コンビで長きにわたって上方演芸界に君臨し、1998年秋、勲四等旭日章受章、99年11月には大阪市指定無形文化財に指定された）。

＊

　　カトリーヌ・アルレー『わらの女』とパトリシア・ハイスミス『太陽がいっぱい』はともに完全犯罪の成功でおわる小説で、作者がいずれも女流だ。映画化されて特に後者は犯人役の新人アラン・ドロンの好演で人気を博したが、両作品の監督を務めたバジル・ディアデン、およびルネ・クレマンはいずれも男流、しめしあわせたかのようにラストを完全犯罪の挫折でしめくくっている。いかにも、劇場映画が完全犯罪の大成功でENDになったら、一部観客は立ち上がって腐ったトマトや生卵、そこまでいかなくとも穿き古しのパンツやミカンの皮、弁当の殻とか食べかけのアンパンとかをスクリーンに向かってどんどん投げるかもしれない。だから劇場で鑑賞する映画と原則個人が自室で読む小説との違いということは当然考慮に入れておくべき要素ではあろう。それはわかった。しかし僕はもう一つ、「完全犯罪」という出来事の評価をめぐって、男女間にはその時点における男女の社会的位置に規定された違い、むしろ対立が存在しているのではないかという気がする。

　男は一般に「完全犯罪」を描きたくなく、肯定したくないのではないか。心のどこかで人生最後には正義が勝つと割合素直に信じているのではないか。たとえば僕なんかも男流で、誇るのではないが事実としてほぼ半生にわたって『水戸黄門』『桃太郎侍』また「寅さん」シリーズ（寅はおおむね安易に、時に冷酷に、正義を取って恋を捨てている。マドンナたちは綺麗に身を引く。リリーさんでさえしょせん正義に仕える端女としての「マドンナ」止まりなんだな）の熱心な視聴者である。対する

パトリシア・ハイスミス
1921年テキサス州フォートワースに生まれ、ニューヨークに育つ。イギリスに移り発表した処女長篇『見知らぬ乗客』と『太陽がいっぱい』の映画化により作家として幸運なスタートをきる。犯罪者の心理・行動を深く描くことで、日常と似て非なる残酷な世界を創造し、G・グリーン、R・レンデル等を魅了するサスペンスの巨匠であり、その作品には今なお普遍性をもって訴えてくる力強さがある。

佐宗鈴夫（さそう・すずお）
1940年、静岡県生まれ。早稲田大学文学部卒。J・ジョヴァンニ『頭たちの標的』、D・マレル『血の誓い』、M・グリゾリア『殺人海岸』、ヤー・ディン『赤いコーリャン』、J・ディスキー『ナッシング・ナチュラル』ほか。

姐さんたちはパーフェクトを狙った。

に女のほうは、この世の正義に守られている度合いは私たち、男より低いぞよと考え、パトリシアとかカトリーヌみたいな威勢のいい姉御肌が登場して、「悪」を一面的に毒物として遠ざけたりしないで、この世の「正義」の「階級性」「地方性」を訂正する良薬として活用してつぎつぎにベストセラーを連発したりして、一方、守られてる側のルネやバジル、山田洋次などは解毒剤を処方するのに大わらわでご苦労様だけれども、正直見ていて何か情けないという思いを禁じえぬ。巨匠たちよ、「正義」の勝たせ方にもう一工夫、二工夫なかったものか。

花田清輝はかつて佐多稲子を論じて「女は一般に男より優秀なのではなかろうか」と嘆じたが、たしかにこの世の正義に思い切った「悪」の肯定をもって挑戦した佐多の『灰色の午後』は、かつての夫窪川鶴次郎の愛妻小説『風雲』とくらべて問題なく優秀だった。正義を独占する「党」にたいして当たり前みたいにもたれかかる『風雲』と、「党」の正義の浅さ狭さを事実に強く即して具体的に証明しきった『灰色の午後』との圧倒的な差は一目瞭然で、文学は凄いとあらためて思うきょうこの頃だ。なお「文学」と「通俗読み物」の違いは芥川賞と直木賞の違いなどではなくて（それは茶助と太助の「違い」にすぎぬ）、ひとえに『灰色の午後』と『風雲』のあいだの、また政治集団としての「連合赤軍」の文体と「日本共産党」の文体のあいだの「圧倒的な」差をいうので、念のため。

*

灰色の午後

一

大晦日の夜、浅草へ出かけてくるというのも、連れ立っている三人の女たちの、三人とも何か自分をけしかけるような気分からであった。わたしたちがそれを認め合い、双方から搾り寄せるような気分であった。だから三人はわざとはしゃいでいる。まだ宵の口の仲見世をもはや大晦日という気分で雑閙していた。流れてゆ

なきゃいけないわね」「おみくじをひとつやる—」葵漫都数子は、いや自分も引いてみるぐらいた。川辺折江はそれがく、数子には同じ仕事ある彼女には夫の惣吉で、どちらをも尊重すこんなとき黙ってただ観音さまにおまいりをねむい今の気分がおか

「女は一般に男より……」(花田清輝)

　連合赤軍の最高指導者だった森恒夫 (1973 年 1 月死去。享年 29) はトロツキーの暗殺事件に関連して、暗殺者が「アイスピック」でトロツキーの頭部を刺突して死にいたらしめたと誤って思い込んでいた。歴史の事実は以下のとおりである。1940 年 8 月 20 日午後 5 時過ぎ、「ジャーナリスト」と自称する「ジャクソン」青年はトロツキーのメキシコ市コヨアカンの隠れ家を訪れ、自分の論文の閲読とアドバイスをねだった。ジャクソンを支持者と聞かされていたトロツキーは気軽に応じて書斎に招じ入れ、デスクに向かってタイプ原稿を読み始めた。最初の 1 ページを読み終えたその時、ジャクソンはレインコートをぬぎすて、コートの裏に隠し持っていた (『罪と罰』の主人公ラスコリニコフの工夫に学んだ。ジャクソンの上司には文学趣味があった)「(アイス) ピッケル」をふりかざしてソ連邦の敵トロツキーの頭上めがけて思い切り打ちおろした。反革命の頭目は声もたてずに死ぬであろう、そして自分は誰に気づかれることもなく外へ出て行けるであろう。……が、意外にもトロツキーは恐ろしい叫び声をあげ、飛び起きて果敢な抵抗をこころみて格闘となる。護衛が駆けつけてきた。……トロツキーは病院に搬送され、午後 7 時 30 分昏睡状態におちいった。傷は 2 インチ 4 分の 3 の深さにたっし、右の頭頂骨がくだかれ、その破片が脳髄に突き刺さっていた。脳膜は傷つき、脳髄の一部が破れ、砕かれていた。翌 21 日午後 7 時 25 分、トロツキー死す。享年 61。ジャクソンの本名は「ラモン・メルカデル」、ソビエト共産党書記長スターリンの送り込んだ刺客であった。(ドイッチャー『追放された予言者・トロ

ツキー』山西英一訳から抜粋）。くりかえすと、スターリンの手先がトロツキーを殺害する際に、「スターリン主義者の用意した」刑具は、「（アイス）ピッケル」であって「アイスピック」ではない。アイスピックは氷を砕く錐であるから、人間の「頭頂骨」を一撃のもとに打ち砕くことなどできない。「氷割りの錐」一本を使ってオンザロックは作れても、ヒマラヤの氷壁をよじ登ることは天才登山家メスナーにだってやれぬであろう。ところが森は「やれる」と深く確信したのだ。いつ、どこで、またどうしてそんなことを？　僕にひとつ解釈がある。

　コリン・ウイルソン『殺人百科』は大庭忠男訳で弥生書房より初版が昭和38年6月、5版が45年1月に刊行され、僕の持っているのはその5版だ。この本の200頁「トロツキーの暗殺」の項につぎの記述がある。「……トロツキーとふたりだけになると、ジャクソンはレインコートのポケットから短刀と自動拳銃と氷割りの錐をとりだし、この錐でトロツキーの頭を突いた。「誰にたのまれた。ソビエトの秘密警察か」トロツキーの叫び声でかけつけた護衛にジャクソンは殴り倒され、取り押さえられた」云々。問題の根源は、原作者ウィルソンが「（アイス）ピッケル」を「アイスピック」と誤記したか、訳者が「レインコートのポケット」という観念に引きずられて、ポケットサイズということなら「ピッケルではなかろう」と解したか、もともと「（アイス）ピッケル」と「アイスピック」の差異について明瞭な知識をもたぬまま、ええいと英和辞典引いて「氷割りの錐」と誤訳してしまったかのいずれかだ。思うに、文学青年だった森には大庭訳『殺人百科』を60年代日本のどこかで読みふけった生活があったのであり、「氷割りの錐」は71年末から翌年2月にかけて、連合赤軍の山岳ベースにおいて森の想像力の翼に乗って、反革命にたいして、防衛・攻撃・処刑を完遂するための「思想的」武器というまちがった意味をになわされてメンバーの心身を専制支配した。連合赤軍に潜入した「スターリン主義者」とその「弟子」というように森に誤訳された革命戦士二名はテキストの誤訳に発した森の想像力の誤作動によって「氷割りの錐」で、したがって無用の長い時間を費やして不当に殺害されたのであった。

　連合赤軍事件の「アイスピック」が最後に登場するのは、昭和47年1月、群馬県榛名山、雪降りしきる榛名湖畔においてである。その日、連合赤軍兵士「岡田栄子」は「革命の子」頼良をおぶって湖畔にあらわれ、作戦中の同志への連絡を追求中のところ、「おせっかいな人民」のひとりに心中志願のかわいそうな貧しい母子と誤解され（ここでも誤訳か？　否、はじめて「正訳」されて？）注目されてしまって身動きとれなくなった。このとき、岡田の持っていた手提げ袋から

森も永田も、みんな若かった。

「アイスピック」が一瞬コブラのように顔を出しかける。しかし相手はどこまでも善意の人民なのだから、すぐにまた、出かかった顔をひっこめた。以後、森の創作・誤訳になる「アイスピック」は本来の正しい自己自身＝「氷割りの錐」に立ちかえり、森の革命の夢想とともに、連合赤軍に別れを告げることになる。本物の「人民」との遭遇によって、事実を不断に観念に置き換えつづける森恒夫のたどった象徴の旅路に区切りがついたのである。

＊

　歌人道浦母都子は連合赤軍のリーダー永田洋子（2011 年 2 月死去。享年 65）の生き方に敬意をはらい、何首かの「永田洋子」詠で思いを述べている。戦後民主主義日本は永田と連合赤軍に「死刑判決」を下したが、道浦は永田の生涯賭けた闘いのかたわらにさいごまで独り立ち続けようとした人だ。たとえば、次の一首のようにして、

　　　私だったかもしれない永田洋子　鬱血のこころは夜半に遂に溢れぬ

　と。一首はふつう、「永田」は世間が頭を使わず気楽に決めつけるような「鬼婆」「殺人鬼」「狂人」などではない、ある状況のもとにおかれたら「私」もあなたも、そして多くのみんなだって、もう一人の「永田」でありえたかもしれな

い、彼女の過ちは「私」の、もしかしたら戦後日本全体のあやまち、戦後日本人すべての理想の痛苦な挫折だったのではないかと、そういう道浦の「こころ」の叫びないし呟きと解されている。僕はこの解に反対ではないけれども、しかしこれだと「永田」評価がいかにも消極的、国選弁護人的になって、永田本人もお志は有難いと受け止めつつも、いささか不満というか、戸惑いをおぼえるのではないか。彼女だって私とおなじ「普通の」人間なのだ、ただのおばさんなのだ、そういってかばってくれるのはありがたいが、しかし永田さんとして、これだけではなんとなく落ち着かぬ気持にもなるんじゃないかと僕は懸念するわけだ。

　この一首、ほんとうは道浦さんが暮夜ひそかにわが身をふりかえり、「私だって」チャンスさえあれば「永田洋子」のごとくに生きられたかもしれないのに、現実の「私」は「普通の」人生をただ生かされているにすぎないと嘆息している、そうした生活詠、平凡人の人生観照歌とも読めるではないか。永田洋子は小なりとはいえ、また大敗北を喫したのであるが、あくまでも信長、レーニン、毛沢東の系列に繋がる炎のような「英雄」型の人物であって、志衰えしとき（三好達治）、人が振り仰いでなんとか勇気をとりもどす支えたりうる人格、生き方の一タイプだということを忘れぬようにしたい。道浦さんは生涯ずっと「永田」を心の中で自分のいのちの支えにしていると歌った！　おおきな敗北をかかえて、たったひとりで死んでいった永田にとって、道浦さんのこの一首以上の弔歌はなかったろうと僕は遙かに思う。

　永田は死刑判決確定直後、1993 年 4 月 16 日の日記のなかで、道浦のこの一首を含む「永田」詠に言及して「じつにありがたいが、今後はもっと力強く、連合赤軍をこえる方向を打ち出していく必要を思わされる」と記した（『獄中からの手紙』彩流社刊）。このように書きうる「死刑確定囚」を「英雄型」と僕はいうのである。

朝鮮半島の積極的平和を考える 続

野村伸一

　2018 年は 1 月から朝鮮半島に春がきた。2 月、平昌で平和五輪が開催され、4 月 27 日、板門店「平和の家」で南北首脳による「朝鮮半島（韓半島）の平和と繁栄、統一のための板門店宣言」が出された。春がきたら花を咲かせ、共に享受する。これは体制や国家を越えた普遍的な想いだとおもう。ところが、4 月末現在、日本ではなお疑心暗鬼、総じて他人事（ひとごと）のようである。だが、韓国では数年来、南北分断の克服、平和統一、環境、平和連帯を志向する新しい「平和人文学」が起こっている。今回の板門店宣言はそれに拍車を掛けるだろう。「平和、新たなるはじまり」(南北首脳会談の標語) を進展させるために小文を綴った[2]。

1　北のテレサ・テン

　『ハンギョレ』の国際編集者朴敏熙（エディター パクミョン ヒ）の「玄松月と鄧麗君（ヒョンソンウォル ダン リジュン）」を読んだ (2018. 1. 24)。概ね次のような内容である。1996 年、北朝鮮で「華人鄧麗君」の記念切手が発売された。収集家の間では人気がある。鄧麗君 (テレサ・テン 1953 ～ 1995) は台湾歌手、これがなぜ北朝鮮の切手なのか。韓中修交後の中朝関係悪化の反映、金正日ファン説などがある。理由はともかく、1980 年代以降、鄧麗君は大陸で絶大な人気があり、北京当局の禁止措置は役に立たなかった。ところで「市場社会主義」に向かう北朝鮮にも鄧麗君がいる。三池淵管弦楽団長の玄松月（サム ジョン）である。中国メディアは「北朝鮮の鄧麗君が韓国にいった」と報じた。韓国メディアは以前、玄松月について金正恩の愛人説その他、憶測記事を流した。ところで今回は平昌五輪に合わせて一挙手一投足、瑣末なことを報道した。加えて北の「美女応援団」に対する興味本位の報道もあった。そして南北間で緊張が高まったりすると北朝鮮の美人局（つつもたせ）を云々する。これがいわば韓国メディアの定番だ（「金王朝」の噂話を好んで書く点は日本も大同小異）。しかし時代は変わった。今の韓国世論の平和への願いは左派・右派論、北への従属論などで動揺はしない。

　2　昨年 (2017)、「朝鮮半島の積極的平和を考える」という小文を『韓国朝鮮の文化と社会』第 16 号（韓国・朝鮮文化研究会、風響社）に書いた。そこで本稿を「続」とした。

「平昌は平和に向かう長い旅程の第一歩」。この世論は「韓国社会の希望であり魅力だ」。元北京特派員朴敏煕は鄧麗君の歌がいかに国境を越えて中国民衆に歓迎されたかを語りつつ、玄松月が冬季五輪前夜に主人公となったことを朝鮮半島の平和の枠組で語った。読後、記者もまたヴィジョンを持つべきだとおもった。2月、3月と朝鮮半島の状況、韓国世論は朴敏煕の視点に沿って動いている。まずは玄松月を聴いてみよう[3]。歌謡曲と西洋音楽が合わされたような歌で、なるほど北のテレサ・テンだ。玄松月もまた分断を越えるには十分だ。日本の市民社会はこうした芸術団を東京五輪によべるだろうか。

2　2018年2月の平和五輪をみて—3月に

　平昌五輪（2018年2月9日〜25日）は平和五輪として記憶されることだろう。それは金正恩労働党委員長が元旦会見で選手団派遣を唱えたことに発し、文在寅大統領が即座に歓迎したことで芽を出した。開会式には金正恩の妹金与正を含む北の高位級訪問団が韓国を訪れ和解雰囲気のなか、北の芸術団公演を市民と共に鑑賞した。話題性に乏しかった冬季五輪は俄然、盛り上がり国内外注目のうちに終えた。しかも五輪後、平壌で南北対話がなされた。その結果、南北首脳会談4月末開催合意（3月5日）、米朝首脳会談5月開催合意（3月8日）と韓国政府の発表がつづき、3月の朝鮮半島には春が到来した。韓国民の「北」への視線が1、2月の間に様変わりした[4]。同時に、米韓日の主要メディアと国際関係専門家、また朝鮮半島観察者の解説、予測は以前にも増して不確かなものとなった。これは専ら米朝両首脳の予測不可能性のゆえともいえるが、一方で主要言論は朝鮮半島の平和定着のための青写真作りには積極的ではなかったことも認めなければならない。ことに日本では拉致問題以降、北の核開発と人権問題、「金王朝」の特異性、その内部の葛藤などを「体制否認」の大前提のもとで書いてきた。そうした筆者らの否定感は確かによく伝わる。だが、窮極「それで何なのだ」の疑問が付きまとう。経済制裁による北の降伏、無条件核放棄、体制崩壊、そして自由主義社会への誘導を願うのか。だが、そうした否定的視点は数十年来の歴史が物語るように平和を生まなかった。むしろ、力の対峙を増長させるだけであった。日本ではそれが国内の閉塞感とともによじれ、朝鮮半島のすべてに対する反感が現れてきた。今では元韓国大使までが嫌韓本を書く。こうい

　3　「白頭と漢拏はわが祖国」を歌う玄松月。https://www.youtube.com/watch?v=dPMqNCAxpMY

　4　3月初の韓国ギャラップの世論調査によると、北朝鮮の態度は変わったとする見方は53%、（1月初は28%）、変わらないとするもの35%。『ハンギョレ』2018. 3. 17.

う日本でよいのか。平昌後の今こそ真摯に考えなければならない。

　文在寅大統領には韓国の「運転者論」という持論がある。韓国が率先して南北対話をする。そして米朝対話、朝鮮半島の非核化、さらには北東アジアの安定を実現させるというものである。これは単なる仲介者論ではない。ヴィジョンである。ところでこれに基づく韓国の努力を日本の政治と主要メディアは総じて皮肉な眼でみている。山口二郎はこれを批判した（『ハンギョレ』2018. 1. 21）。日本政府は北朝鮮を「核を持った邪悪な独裁国家」とし、北の「話し合いのポーズ」も「偽装にすぎない」「圧力あるのみ」とする。そして、この政策を「主要なメディア」も支持する。そこには米国と同じ発想で朝鮮半島の危機をみる構図がある。さらには北朝鮮への「憎悪」に凝り固まり、自身は「正義」の側にあるという「傲慢」さがみられるという。山口の批判は的確だ。考えるべきことがふたつある。第一は近年の日本の露骨な反北朝鮮観の出口模索、第二は北は邪悪・危険だが、南の韓国は価値観を同じくするという見方自体の再検討である。いずれも難題だが、第一は敵対関係下の拉致事件に起因して人為的に増幅されたものであり、日朝の政府間対話が再開できれば、存外早く出口はみいだせるはずだ。ところが、第二は体制認識の問題であり容易ではない。日本では保守、リベラルを問わず、この見方に馴染んできた。だが、朝鮮戦争の直後は必ずしもそうではなかった。当時は米国一辺倒の南の李承晩独裁（1948 ～ 1960）とは共に語れないという見方が相当にあった。残念ながら今はそれを忘れた「正義」の記者、研究者が多い。それが北東アジアの平和を遠ざけている。それゆえ、この問題は日本人が朝鮮戦争の歴史、とくに「休戦協定」以後を学び直すことでしか解決できない。

　「米朝首脳会談合意発表」（3月8日）の報道は世界を驚かせた。ところで、その直前に外交問題の専門家孫崎享は次のように語った。南北の対話機運の進展は「好材料」だが、朝鮮半島情勢を左右する主役は南北ではない。主導権は「巨大な軍事力を背景にした米国」にある。米国には「朝鮮半島の危機が持続することこそ利益」、それにより日本への武器売却、中国を睨んだ韓国内の軍事基地温存も可能となる。米国はそもそも「朝鮮半島の平和や北朝鮮との和解など」望んでいない。「朝鮮半島の緊張の根源」は「米国の身勝手で危険な姿勢」にある。それに同調する日本政府は文政権の対話の努力に冷水を浴びせている。この姿勢はおかしい [孫崎　2018]。東アジアの国際関係史をみれば、孫崎の見方は否定できない。そして、この米国の主導権を決定づけたものが朝鮮戦争であった。1950 年 6 月 25 日、北朝鮮軍が 38 度線（1945 年以来の米ソによる暫定分割線）を越え

て進撃を開始した。国連安全保障理事会は即刻対応し、いくつかの決議を出したが、軍事的対応措置は決議されなかった。代わりに総会で韓国への軍事支援勧告がなされた。正規の国連軍は成立しなかったが、米国を中心とした 16 か国が軍隊を組織し北朝鮮と戦い、1953 年 7 月、中国、北朝鮮と休戦協定を結んだ。これが今なおつづく。国連軍（実体は米軍）の本部は当初、東京に置かれ、地位協定が日本政府との間に交わされた（1954）。そこには「国連軍としてのアメリカ合衆国軍隊」に関する規定はない。ただし、新旧日米安保条約（1951、1960）では在日米軍の規定がある。日米両国は国連軍地位協定と日米安保条約を使い分けて国連軍としての米軍を無規定のままにしてきた。朝鮮有事の際にはこの曖昧な国連軍が事前協議なしに日本から出動する［笹本　2006: 163 以下］。国連軍司令部は安保理決議なしに戦争開始が可能だ。この点を取り上げて五味洋治は朝鮮国連軍こそが朝鮮半島の冷戦構造固定化に大きな役割をはたしているといい、朝鮮戦争終結の一便法として国連軍の解体を主張した［五味　2017］。

　五味はソウル、北京の特派員を経て現在『東京新聞』論説委員である。その近著では朝鮮戦争の終結こそ「従来の冷戦構造」に代わる「新たな安全保障体制」構築の道だという。目的は東アジアの平和である。従って安倍政権が中国、北朝鮮を「新たな脅威」として米国との安全保障だけにしがみついていることを厳しく批判する。これは東アジア市民社会を志向する観点からみて歓迎したい。ところが同紙の朝鮮半島関連の一連の外信報道はその観点を必ずしも鼓舞せず物足りない。とくに北朝鮮関連報道は山口二郎が批判した「主要なメディア」の視線と大差はない。1 月の南北実務者協議には「北ペース 韓国に不信感」の見出し。また北の芸術団の公演には「体制宣伝につながるとの懸念がある」と韓国保守の声を大々的に伝える（1 月 16 日）。北の宣伝云々は韓国の守旧言論の常套句だが、今や韓国での説得力は余りない。また平昌五輪開幕前日にはソウル発で「北朝鮮は五輪参加を巧みに利用し、韓国を突破口に国際社会の制裁網に風穴を開けようとしている」云々（2 月 8 日）。これは記者の主観でしかない。同様に、北の「ほほえみ外交」、韓国取り込み、韓国政府の「前のめり」など日本の主要メディアではお馴染みの文言が並ぶ。加えて常設コラム「時代を読む」のソウル発の文も全く新味がない。筆者朴喆熙（パクチョル ヒ）は国際関係学の専門家で、現実主義（リアリズム）あるいは欧米式自由主義に立つとみられる。いずれにしても北朝鮮に対しては疑心暗鬼の枠内にあり、畢竟は韓米日の連携、結束の乱れへの懸念だ。「北朝鮮の狙い」は「核・ミサイルを進めたい」という点にあり、これに手を貸してはいけない（2018. 3. 4）、「北朝鮮の戦術に踊らされてはならない」（2018. 4. 8）。

これは米国の東アジア地域研究の典型的な議論であり、かつ、到って平凡な見方だ。今（2018年4月時点）のソウルから聞くほどのものではない。だが体制保障認定の上での南北交流、北の経済開発、その過程としての核放棄（段階的放棄）、そして核のない統合、統一された平和な朝鮮半島は実は北だけでなく南の念願ともなりうるのではないか。これが今、文在寅の「運転者論」として動きはじめた。この推移は誰にもわからないが、それが平和定着と共に大いに唱えられているのだから、その報道、それへの積極的な関与（論評）こそが「時代を読む」ことであろう。要するに現状の日本語の外信・時論では時代が読めない（なお『東京新聞』こちら特報部欄には在日コリアンとの社会的連帯を鼓舞する記事が度々掲載される。この種のものを北朝鮮発として報じる工夫が望まれる。消息通を引用しての北の「内情暴露」の類いはもうやめるべきときだ）。

3　板門店体制を考える─4月に

南北分断は板門店（パンムンジョム）での停戦協定（1953.7.27）により決定され現在に到る。この間、日本は韓国と国交を結んだ（1965）。しかし北朝鮮（1948年建国）とは国交がない。この異常な70年が終熄しないのは第一に米国のアジア戦略とそれに追随する日本政府にその気が全くなかったからだ。第二にメディアを含めて日本社会、とりわけ人文学が朝鮮戦争とその停戦協定の継続に対して無自覚なことも大きい。日本は日米安全保障条約（1951）のもとで「自由主義的平和」を享受してきた。二国間条約下の自由享受という点では韓国も同様だが、韓国では軍事力の拮抗による体制保持が否応なく自覚されてきた。加えて近年はより積極的な平和への転換が若手研究者を中心に主張されつつある。従来の研究が開戦の経緯、戦況、停戦までを多く述べたのに対して、金学載（キムハクチェ）『板門店体制の起源』（2015）（図版1）は「平和」を中心軸として朝鮮戦争を辿り、とくに停戦後の東アジアにおけるいびつな平和（消極的平和）を述べた。それは現今の分断体制の生成、固着化過程を辿った丹念な研究書だが、結論では「社会的連帯」による平和構築という代案が掲げられていて注目に値する。かつてジュネーブ（1954）やバンドン（1955）でアジアの平和を巡る会議がなされた。同様に板門店でも国際法に基づく平和企画（プロジェクト）の熾烈な攻防があった。だが結果は安保と安全、2国間同盟に支えられた「保守的な平和」が適用された [김학재　2015: 524 以下]。著者はその内容を平和と人道的観点から批判的に検討した。根柢には「アジア政経矛盾（パラドックス）」への問いかけがある。北東アジアは経済交流の拡大にもかかわらず欧州のような平和機構を持たず、19世紀的な競合、戦争の危険を甘受している。著者は相互否認の停戦

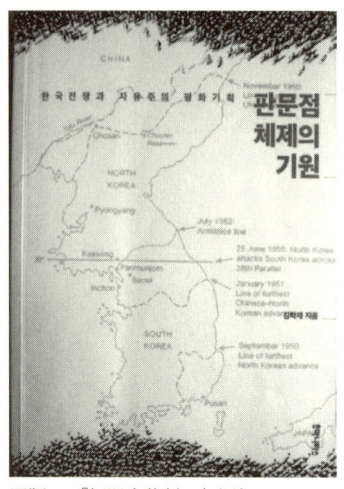

図版1 『板門店体制の起源』2015

体制はこのパラドックスの顕著な物証だとい
い、それを板門店体制 Panmunjom regime と
命名した。板門店体制とは韓米相互防衛協約、
国連の対北朝鮮決議案、捕虜問題にかかわる
国際法、分割という終戦方式、戦争と平和に
関連する国際法の体制（レジーム）など「総体的な制度の
組合せ」を指すものだ［김학재　2017: 372］。
　体制とは国際制度や規範を意味する。それ
は「革命や反体制の変革」でしか変えられな
い体制（システム）ではなく、多様な形態の変化を志向し
得る。この観点から著者は自由主義平和企画
の二類型を提示した。第一は朝鮮戦争勃発時
に国連と米国が掲げた司法主義的な普遍性を
帯びたカント的平和企画。だが、これは中国

の参戦（1950.10.25）を期に転換する。そして「空間を位階化し自由陣営だけの制
限された平和を達成しようとした」米国のホッブス的企画が登場する。こうし
た二類型の存在可否は当然、議論の対象となる［서울대학교　2017: 357 以下］。だが、
それについては割愛する。ここでは以下の指摘に注目したい。第一、ホッブス
的企画のもとで中国・北朝鮮の否認、朝鮮半島での軍事停戦、日本を自由陣営
に組み込むサンフランシスコ体制が形成され（1951.9）、これがアジア矛盾につな
がるということ（講和条約には中、台、韓、北朝鮮は参与できず太平洋戦争の事後処理、
植民地問題も棚上げされた）。第二、アジア矛盾への異議申し立てとして「社会的連
帯としての平和」の追求を提示したこと（結論）。著者は韓国の高い自殺率、低
福祉、社会内の不信感など、社会の諸方面に現れる「社会的アノミー」や移住
労働者差別を指摘する。そしていう。こうした社会からは国家間の平和を推進
し支持する動きは期待できない。韓国では北に関する「戦争と闘争と憎悪」の
語りが歓迎される。一方、反戦や反軍事主義は高い代償を伴う。「積極的平和主
義」はなお微弱だ。これは韓国だけのことではない。安倍首相の掲げる「積極
的平和」とは平和憲法改変の修辞に過ぎない。こうした状況では抽象的な平和
標榜では役に立たない。必要なのは板門店体制形成過程を踏まえた上で社会的
連帯による平和追究へと転換することなのだ。ここで著者は欧州連合の形成過
程を見据える。そして平和とは「理念や価値、政策の問題だけでなく、これを
企画する社会と行為者の『力量』の問題だ」という［김학재　2017: 378 以下］。つ

まり為政者の和解努力だけではなく、個々の社会の自覚と連帯でしか平和は実現しないということだ。国家間の合意や平和協定の脆弱さを考えれば、至極当然な主張といえよう。

　もっとも書評はいう。本書末尾の論だけで「社会的連帯としての平和企画の具体的ヴィジョンや実現可能性」を描き出すことは容易でない。今日では分業を通した有機的な連帯の可能性に対しては否定的な見解さえもある。デュルケームは分業と交流が新たな連帯の出現に繋がると述べた（分業論）。これは著者の拠り所だが、アジア矛盾自体がその理論へのひとつの挑戦といえるのではないか。本書ではまた東アジアの信頼構築に関する問い

図版2　火野葦平『赤い国の旅人』

と答が不足している。東アジア国際秩序は国家間の分断に留まらず、社会間、社会内部の分断を生み、それが地域連帯を遮っている。この「分断され切れ切れになった市民社会」という条件下でいかなる社会的連帯がありうるのか［한국사회사학회　2017: 367 以下］。これらの反問は実は書評氏を含めた苦悶の表現とみるべきであろう。金学載は答えていう。「東アジアという具体的な場所」での代案は必要だ。実際、自分は社会主義陣営や東アジアの多様な平和論と思想、韓国の平和哲学と運動への研究がなされてこそ、代案は完全なものとなると考えてきた。けれども「我々の平和論」を過度に強調するべきではない。平和の価値はそれが普遍的であるとき、より一層大きく社会に寄与できるはずだ［김학재 2017: 379］。東北アジアの平和推進は今後の更なる考究、またそれに伴う市民社会の実践が必要であろう。ともあれ米国主導の自由主義平和企画は力による平和であり、これへの異議はあって然るべきだ。にもかかわらず、それが不問視されてきた。それは一方で韓・米、日・米、台湾・米国間の連携体制を生み、中国と台湾の分断を生んだ。他方で北朝鮮と中国、ロシアの連携体制を生んだ。そして、日本ではその分断体制を語らぬことが人文学の習いとなってきた。「我が方」でない者は敵、特異な存在とされる。今はこの無自覚な体制から一刻も早く覚醒し、東アジアの恒久的な平和を志向するべきときではないか。この意味で金学載の指摘には学ぶべき点が多い。自由主義企画の失敗と挫折の軌跡、その代案としての「社会的平和」追究は東アジア市民社会への重要な道標だと

いえる。本書は研究書であり、実践指南書ではない。いかにして連帯を遂行するかは各人が考えなければならない。

　まずは 1950 年代に想いを馳せよう。当時の日本人は朝鮮、アジアの平和に大いに関心があった。たとえば火野葦平は民衆の視線で真摯に平和を希求した［火野　1955］（図版 2）。同書は新中国の叙述が中心だが、インドと北朝鮮での見聞記もあり注目される。平壌は停戦協定二年目で、全市が復旧の真っ只中にあった。米軍は撤退時、市街を焼き払い空爆した。「建物英雄」には弾痕が蓮根のようにあいている。火野は平壌から第一次停戦会談があった開城（ケソン）にいき、板門店にいく。そこには粗末な二軒の家があった。ここで第二次談判と調印式がなされた。調印時、南北代表は無表情で、互いに相手の顔をみようともしなかった。その調印場の入口の上には「ピカソの平和のハト」が作ってあったが、なぜか調印二日前に北側の手で外された（停戦即平和ではないということだろう）。ただし軍事分界線に建つ小家屋ではアメリカ兵と北朝鮮兵が共同生活をしている。彼らは会話し煙草やサイダーを分け合う。火野は板門店とは国境ではなく単なる軍事分界線に過ぎないとおもう。そして板門店から「南鮮の山」を眺め、南北で歌われる「怨恨（ウォンヌ・エ）の 38 度線（サムパルソン）」[5]を想起する。すると自由な往来を断たれた朝鮮人の「悲しみと憤り」が「のりうつって来る」。ここから火野の故郷北九州までは僅かだが、板門店に遮られて京城、釜山経由で帰ることができない。馬鹿げている。そうおもうと「いいようもない憤り」が湧き起こる［火野　1955: 45-81］。今、ソウルから板門店にいく日本人は多いが、平壌からいく人はまずいないだろう。わたしもいったことはないのだが、久保田博二の北側からの板門店の写真をみると、南北対峙の愚かしさが伝わってくる。1970 ～ 1980 年代、延べで約 31 週間、北を歩いた久保田は「北朝鮮のことについて、公平な、客観的な、詳細な、深い洞察力をもった発言をできる人」が日本ではまだ少ないのは残念といった［久保田　1988: 221］。それは 2018 年の今も変わらない。北朝鮮否認が板門店体制の核心にある。残念ながら米・日・韓の市民社会はこれを克服できずにいる。韓国に北韓学はあるが、北の現地での参与観察は伴わない。写真家久保田博二に匹敵する現場での見聞は依然として不可能だ（但し韓国籍、在米ジャーナリストジン・チョンギュ　は唯一の例外。北朝鮮の日常を写真と映像で伝えつづけている。現在『統一テレビ』準備委員会代表。平壌市民の退勤後の飲酒風景の写真は興味深い。『ハンギョレ

5　火野は以前、民団所属の朝鮮青年から「ウォンヌ・エ・サム・パールスン」という歌を教わった。それが平壌でも歌われていた［火野　1955: 58 以下］。これはハングルで書くと〈원한의 삼팔선〉（怨恨（ウォンヌ・エ）の 38 度線（サムパルソン））であろう。

2019.1.13 参照）。ところで昨今は脱北者情報がメディアや論文に多数みられるようになった。但しそれらは検証不可能、しかも、読者、研究者の求めに応じる性格のものが大半である。ここに根本的な問題がある。脱北者も多様で北の政治、経済、社会の解説者（含大学教員）もいる。それにより北の社会制度や日常生活の大方は把握できる。しかし、それらは自由陣営が望む情報に過ぎず、これらをもって真の北の社会生活、民衆像とは到底いえないだろう。たとえばロシア人アンドレ（イ）・ランコフの２冊の本がある。１冊は 1984 〜 1985 年に金日成大学の語学研修生として見聞したことをまとめたものである。そこでは北の厳重な管理体制に憤慨しつつも、平壌の庶民が所々印象的に描かれている。「北の人々の近所付き合いは……私の見たところ貧しいながらとても良いようだ。よく集まって話をし、笑ったり歌をうたっているのをみた」「北朝鮮の人々の子供への愛は格別である。……貧民村でも託児所、幼稚園だけはとてもきれいだ。赤ん坊を背負った婦人が地下鉄に乗り込むと、乗客たちは彼女に気を遣う……つっけんどんな人でも、彼の赤ん坊について話しかけると、その場で性格が変わったようになるほどである」。休日には「一日の食料を用意して」歌い踊る。彼らは歌が好きで「歌のない祝日や野遊びはない……とくに若い女性はよく歌う」[アンドレ　1992: 172,186、196]。若い好奇心旺盛な留学生の視点が十分、感じられる。２冊目も同工異曲だが体制批判が詳細になった。同書は全 18 章、列車の切符からラジオ番組、市場まで情報量は相当なものだ。だが愉快でない。本書は「世界で一番残忍な政権」の抑圧体制の告発に主眼がある。そして、それが脱北者の情報で補強されている。北の民衆が気の毒なのはわかる。だが、だから何なのか。著者は平壌の寄宿舎での生活後、20 年余り、ソルジェニツィンとまではいかなくとも、北のスターリン主義体制の「静かなる死」を願ってひたすら「金王朝」批判をつづける。同書末尾では市場に出て一家を支える脱北者女性の声も引用した [アンドレイ　2008]。だが、やはり自身の眼でみた民衆生活の記録ではない。

　民衆とは一方でしたたかで生活の節目には歌い踊り哄笑する。それはとくに女性に顕著だ。これは東アジアの民衆世界では古来、ありきたりのことだが、「凍土の共和国」式の告発文にはその姿がみられない。久保田の写真には東海岸元山で海水浴をする笑顔の子供たちがいた。大同江でボートに乗る愉しげなアベックがいた。そうした庶民を己が眼でみることが本当は必要だ。いや、本書だけではない。自由主義企画として誂えた脱北者の語りは如何様にも引用できる。たとえば今年元旦、某誌の北京特派員は「国際的孤立を深める国家」指導者、

「不安と寂しさ」の金正恩を大書した。そこでは核の放棄はないという予見のもとで韓国の専門家諸氏、さらに脱北した労働党元幹部の声を引用した。金正恩は「核は『命』」といっている。「放棄すれば、彼の権威は失われる」と脱北の幹部はいう。この特派員氏は2018年の元旦以来の金正恩の破格的な非核化声明に対しても疑心暗鬼で一貫している。板門店宣言の翌日にも、この会談は金正恩のペースで進んだと記し、この宣言の「核心」には核問題の「後回し」、軍事的緊張緩和の「甘言」、2007年当時の南北友好への回帰を韓国に促す「巧妙」さがあると解説した。わたしは終日、4・27当日の韓国からの生中継を見守った。結果からいえば、この特派員氏の「解説」は全く何もみていない。韓国でも極端な保守党はこの宣言を貶め北のいいなり、ショーに過ぎないというが、そのレベルに近い。だが、多くの韓国言論が認めるように当日の主役は南北両首脳であり、二人は画期的な平和宣言を成就した。彼らは八千万コリアンと世界に向けて率直な声音で語った。核と経済並進路線はすでに直前（4.20）の党中央委員会総会で排していた。次は経済開発なのだ。それを踏まえての宣言であり、これは朝鮮半島の積極的平和のための歴史的な南北合作、つまり「朝鮮半島平和報告書宣言とでもいえるものだ」（『京郷新聞』4月27日）。だが日本では「完全な非核化」の文言が後置されていて曖昧だなどという議論が主流である。そこでは「恒久的平和」より北の「脅威」の完全除去、つまりは自国または自由陣営の安保問題が中心である。そもそも北は何時崩壊するかもしれない危ない存在なのだ。ところが韓国世宗研究所の首席研究員李鍾奭たちの調査や脱北者らの金正恩への感想から推して金正恩体制は安定している。近々の崩壊はありそうもない［大沢 2017: 198 以下］。

　板門店宣言（2018. 4. 27）では南北首脳が「朝鮮半島の恒久的で強固な平和体制構築のため、積極的に協力していく」とし、「完全な非核化を通して核のない朝鮮半島を実現するという共通の目標を確認した」。これは昨年末までの険悪な状況を考えれば現時点では称賛に値する。韓国内はもちろん国連事務総長グテレス、習近平、トランプも賛辞を寄せた。ところが日本政府、主要メディアは「歓迎」は挨拶程度、非核化の筋道が不十分だと執拗にくり返す（4.28の各紙社説）。後続の米朝会談で核放棄の決着が付くまでは共に喜ぶ気はないというかのようだ（6月12日の米朝会談についても評価切り下げという点では米国、日本の主要メディアは一致していた）。ここには北朝鮮の行動を「act of agression」とした1950年の観点が生きている。中国・北は我が方ではない。敵なのだ。それゆえ日本では東アジアパラドックスに痛痒を感じない人が多数派だ。リベラルを自認する人の

間でさえ、中国はともかく北朝鮮は論外とみる人が少なくない。当然、北側から板門店体制をみることはない。だが、そこには 2,300 万人の暮らしがある。平壌冷麺は今回の晩餐により有名になったが、咸鏡道人は咸興冷麺をより身近に感じる。地域ごとの伝統食は健在だろうか。市場ではかつての朝鮮同様、近隣の人びとが飲み食いし世間話をしているだろうか。平和体制さえ定着すれば、彼らの日常との接点が生じる。だが、我々にはそうした個々の社会的連帯のための準備が全くない。板門店宣言が履行されれば、2016 年来、閉鎖されている開城工団の再開はいうまでもない。そもそも北は改革、開放に向けて準備をはじめている。2012 年「6. 28 農業改革措置」「12. 1 企業所改革措置」、2013 年「経済開発区法」の制定。現在までに各道に 21 の経済開発区が作られ、他に五つの経済特区開発、整備も進行中だ。但し「国際社会」の経済制裁により目立った進展はない［이유진 2016］。経済開発は民衆生活の安定と直結する。朝鮮半島の平和推進のためには韓国だけでなく日本も支援する必要がある。それは双方に有益である。にもかかわらず、北の社会への否定的、横柄な言及が横行する。板門店体制下、日本の主要メディア、知識人がそれに加担している。彼らは紋切り型、朝鮮半島の平和定着という新時代の到来を共感できず、いまだに安保論を述べている。そして、1972 年の「7・4 南北共同声明」、また 1991 年の「南北基本合意書」とそれらの直後にみられたような融和関係の「暗転」を密かに待っているかのようだ。「危機と脅威は残る、制裁解除は不可」といわんがために。こうした視点がつづく限り、朝鮮半島の真正の平和は生まれない。今、必要なのは陣営防衛の強化や安保ゲームの観望ではなく、東アジアの積極的平和というヴィジョンなのだ。言論は日米韓での平和享受という枠組ではなく東アジア市民社会の連帯、その個々の実践への鼓舞という視点に立って朝鮮半島の脱冷戦、平和定着を盛り立てていかなければならない。板門店に「平和の鳩」を再び掲げよう。そのためにすべきことは山ほどもある。言論には今こそレジームの大転換が必要である。

参考文献

アンドレ・ランコフ／聯合通信、李昞珠訳　1992『平壌の我慢強い庶民たち―CIS（旧ソ連）大学教授の"平壌生活体験記"』、三一書房。

アンドレイ・ランコフ、鳥居英晴訳　2008『民衆の北朝鮮』（原版 2007）、花伝社。

大澤文護　2017『金正恩体制形成と国際危機管理――北朝鮮核・ミサイル問題で日本人が本当に考えるべきこと』、唯学書房。

久保田博二　1988『朝鮮 三十八度線の北』、教育社。

五味洋治　2017『朝鮮戦争は、なぜ終わらないのか』、創元社。

笹本征男 2006「朝鮮戦争と『国連軍』地位協定」大沼久夫編『朝鮮戦争と日本』、新幹社。

火野葦平　1955『赤い国の旅人』、朝日新聞社。

孫崎享　2018「朝鮮半島の南北融和に水をさす米日の愚劣」『週刊金曜日』2018. 3. 9（1175 号）。

김학재　2015『판문점 체제의 기원 : 한국전쟁과 자유주의 평화기획』、후마니타스。

김학재　2015「판문점 체제의 역사사회학적 이론화를 위하여」『사회와 역사』Vol.108、한국사회사학회。

이유진　2016「북한의 경제특구 및 경제개발구 개발 현황과 전망」『북한연구학회 동계학술발표논문집』、북한연구학회。

한국사회사학회　2015「평화기획으로 한국전쟁 다시 읽기 - 김학재 , 2015, 판문점 체제의 기원 - 한국전쟁과 자유주의 평화기획 , 후마니타스」『사회와 역사』Vol.108、한국사회사학회。

しめぢ帖・抜書：1711 〜 1802

岩松研吉郎

▼ 17 年 11 月——『紅茶の日』

　商売めあての私製「記念日」が流行だが、11 月 1 日は「紅茶の日」ときまっているそうだ。内国自閉の「国語語路あわせ」式がおおい——11 月の例でいうと、22 日は "イイフウフ" の日の由——が、これはまた別らしい。

　報道によれば、18 世紀末のこの日、ロシア女帝エカテリーナに謁見たまわった大黒屋光太夫が、紅茶を供されたことによる由。

　『北槎聞略』か何かできめたらしいが、何重にも笑止きわまる。

　簡単な点からいうと、この日付は、当年の日本旧暦、露正教暦、日本現行新暦（グレゴリオ暦）の、諸暦法どれによっているのか。何によって「11 月 1 日」に記念しているのか、根拠がないのである。

　そもそも、その「日付」を日本人の紅茶初飲とするのが笑止、というより嘘である。伊勢の商人（船乗）だった光太夫には責任ない話といっても、南方の琉球人（当時、日中両属的）らに、あわせる顔がない筈だ。「紅茶」は、彼より前から、琉（日）で、のんだ人がいるにちがいないのだから。

　中国華南では、もっとわらわれるにちがいない。茶と紅茶との簡易な史書でもわかる。

　茶の原生の諸説や飲用法の変遷はともかく、茶葉をむして発酵もさせるやり方は、中国中南方で、15/16 世紀明代までには完成している。これが、インド北部等も介して、欧州や欧化のロシアにひろまったのが 17 世紀からである。光太夫は、その末流で何年何月何日かにのんだにすぎない。

　17/18 世紀の明・清代は、中・琉・日の交易・交流がきわめて盛になった。その中で喫茶饗応の記事もあるから、飲茶諸法の中に「紅茶」がなかったとはかんがえにくい。苦労して輸入したイギリス人らより前から、琉球人・本土人は、紅茶ものんでいただろう。

　これをかんがえにいれない、「紅茶の日」設定とは、浅見無知の笑止という他ない。

　そこにあるものは、東アジアをみようとしない、欧（米）拝跪の——いわゆるオリエンタリズム（サイード）と裏腹の、サバルタン（グラムシ）心性だろう。「脱亜入欧」根性は、今も骨がらみだ。

▼17年12月——自衛艦「いずも」「かが」の名

　海上自衛隊のヘリコプター搭載型護衛艦「いずも」を、艦上戦闘機等をつかえる航空母艦に改造する計画がある、と報道されている。先年の「安保法制整備」以来の、「専守防衛」からふみだしてゆく一連の軍事化方針の一環で、世論への観測気球式の小だしのリークなのでもあるようだ。

　法律条文や政策文言に先行して、対外攻撃の交戦軍事力が実質準備されてきているのは、すでに明白だから、今さら特別なおどろきはない（寒心はますにしろ）。

　一昨年就役の「いずも」は、2万排水トン級。諸国海軍の通念では「ヘリ空母」の分類だ。立派に攻撃力をもつ軽空母（米海軍の分類名では「揚陸強襲艦」）なのである。すでに「いずも」がそうであるだけでなく、もっと以前から、海上自衛隊は、ヘリ搭載補給艦「おおすみ」（1万トン級）も同様で配備し、イラク戦に“非戦闘行動”で運用＝出撃させている。

　こうした動向をみるなら、「空母」化とは、なしくずし実質化をすすめる軍備拡張について、事後的に名辞変替をおこなう、そのひとつだ、とわかる。おおきくは「解釈改憲」のながれの中にある、いわばノミナリズム（唯名論）である。

　そこで「名辞」。ことに固有名に注意すると、別なおどろきと重大な寒心が生じる。海自（と、むろん防衛省・行政府）の艦名の選択・選好についてである。

　艦船は、いつどこでも大事な財物だから、ことに近代以来の諸国家にとって、軍艦は代表的な物神（フェティッシュ）であって、その命名には、啓発的・宗教的・象徴的……さまざまな意味づけが、注意ぶかく適用される。それらの例示はしないこととするが、この国の旧帝国海軍・海自では、神・英雄・偉人などの（広義）人名はつけない、理念や鼓舞語もつけない、といった方針がある。

　したがって、旧海軍では、帝国内の地名・風土事象で命名し、さらに艦種によって、戦艦は旧国名、重巡洋艦は山名、軽巡洋艦は河川名、駆逐艦は天象・気象・植物名……と区別した。旧海軍の、もひとつの方針は、名前の襲用につき、戦没・不慮沈没の不運の艦名は襲名しない、との点で、米海軍などとのちがいである。

　海上自衛隊は、基本的に・また一定の時期まで、旧海軍をひきついできた。上述の“ノミナリズム”でいって、すべて「護衛艦」（＝旧駆逐艦対応）カテゴリー

"以下"におさめてきたのだから、旧国名や山川名は使用できなかったのである。

　この間、かわった。「護衛艦」の中に、山名（つまり旧重巡洋艦該当）の「しらね」をまぎれこませたあたりからか、命名基準の"拡張"（緩和？）が進行しているのである。イージス護衛艦に、ソロモン海戦で戦没した「ひえい」、バシー海峡で潜水艦にしずめられた「こんごう」などの名がくわわっている。

　「おおすみ」は、この一連の中で、典型的な命名だろう。それは、ほとんど「空母」に近い「補給艦」で、旧海軍基準の戦艦＝主力艦＝旧国名を艦名としている。——ようにみえて、その名は、旧国名ではない、半島地名であって、旧海軍戦艦名にもなかった、といいぬけられる仕組になっていた。いじましいような命名である。

　さて、その上で「いずも」である。そしてすぐつけくわえなくてはならないが、今年就役した同型艦「かが」。——この姉妹艦の名前の意味するところである。

　両艦共に、海自の最大のもの、現在の海上主力艦たる空母として、旧国名を名のりとしてあらわれた。「いずも」は、半島名でもある、とのいいぬけも不可能ではないが、「かが」は、真向から旧国名＝主力艦の名のりをあげたわけだ。

　しかも、両艦は、惨憺たる前歴を無視しつつ命名されている。（先代「かが」のミッドウェイ海戦は周知。先代「いづも」は、敗戦末期の呉空爆で無抵抗のまま着底・転覆）。この命名には、何かおどろくべき事情をかんがえてよいのではないか。

　事情そのものは、軍事史でみて単純なようだ。両艦先代は、1932年2月のいわゆる（第一次）「上海事変」の「武勲」艦である。初代「かが」は、最新編制の航空戦隊の先頭で空爆にむかい、初代「いづも」は、派遣の「支那方面艦隊」旗艦として、以後10年、上海に抜錨・占拠をつづけた。

　この間——いわゆるセンカク問題等から、空母転用可能の大型「護衛艦」を建造・就役させ、あえて「いずも」「かが」の名をあたえてきた。事情の文脈をもかんがえていると、寒心は、この時候柄にとどまらない。

　▼18年2月——「反日」と「非国民」と

　街頭では、カウンター・デモ等で、やや下火にさせつつあるが、ネット上でまだやまない、対中国・対韓国のヘイト・スピーチ（罵倒言表）のきまり文句は、「反日！」のいい方らしい。中・韓両国とその人民に対してだけでなく、日本にいる中・韓の人々（国籍の如何をとわず）にも、そして中・韓と普通・公正にかかわる日本人にも、この語がむけられる。

　私などはさしづめそういわれる一人で、（日本ふくめ）すべて反国家の立場だか

ら、別にかまわぬけれど、「反日」なるコトバについては、気にして問題としたい点がある。

戦前・戦時に「非国民」よばわりが"盛行"したのはよくしられている、あまりに跋扈したためか、戦後にはほとんどきかなくなった語だが、これと「反日」という語について、比考の要あらんというのである。

この間の、沖縄の米軍機諸事故や、佐賀の自衛隊機墜落やの被害者たちの発言に対して、「反日」とのネット上のかきこみが多々あるそうだ。その感情・理屈の不条理は、ここで論じる要もない。それよりも、そこで「反日」と呼号する人々の「立場」(位相) はどこなのか？と、言語意味論から検討してみる。——彼らにとって、不都合で奇妙な結果がでてくるのだ。

まず「反日」の対義語をかんがえると、それは「親日」、せいぜい「知日」である。"賛日"、"好日"(別義コウジツではなく、コウニチとして) は、語のオトと文字の構成ではありえても、日本語運用上では存在しない。——言語論の記号では「*〜」となるものだ。

ただ、理論上で＊賛日・＊好日を、「反日」(また「知日」) とくらべた場合、それらの共通点がわかる。——どれも、外からの発語だ、ということである。

「反日」とさけぶ人々は、同時に「反中」「反韓」といい、日本での「親中」「親韓」をののしるが、この「反中」や「親韓」(やめよ、等) の語法は、言語運用としては問題がない。日本国内という外から、中・韓にむけて発しているからだ。問題は、彼らが日本で「反日！」という時、その身のおき場はどこなのか、だ。

昔の「非国民！」とのいい方も、帝国国家の中で、ワレラ国民 (臣民) ではない (=非)、との非難・誣告であって、内国の言語運用としては、やはり問題のないものだった。「非国民」よびは、言語的にはまっとうなものでもあって、だから通用・跋扈もしたわけだ。

一方、内国の人々 (中・韓・日、国籍もとわず) に対しての「反日」よびとは、外に身をおいての語法である以上、「反日」をいう人々は、おもしろくも、自分らをいわば「非国民」の身においている、ということができる。

私は、「非国民」かどうか、(自分についても) 別に気にしない。が、「反日」呼号の"非国民"士女が、その言表によってどうなっているか、どういうことになるのかには、指摘をしておきたい。

"不条理"といったけれど、「反日」言説に真率がない、とはいわない。「実存的」に、あって当然でもあるかもしれず、その人々は、それぞれ真面目・短切にかんがえながら、自分たちの身を不特定のどこか「外」においているのかもしれ

ない。

　それは、"グローバル"の中の地政学的・外交かけひき論的な、仮想（ヴァーチャル）のゲーム上のような、中・韓対峙対抗の「日本」でもありうる。他方、不定型の日常のルサンティマンからの、自分の外でもあるか。──どうであれ、この「反日」は、ダワーのいう「敗北を抱きしめて」以来の、「外」に身をおく行政権力の、かわらぬ「国家主義」の変態と、からみあって通底しているだろう、とおもう。

　「反日」という表現自体は、誰も禁圧できないし、してもならぬ。ただ「反日」用語は、つかっていると変なことにもなるのだ。

　（中・韓と日についてかいて、朝（鮮民主主義人民共和国）にふれなかった。必要だがながくならぬように、略しただけで、他意はない）

2号後記

　われわれの団結形態は「三人組」、われわれのリーフレットは「三人集」だ。脱線トリオ、てんぷくトリオ、トリオスカイライン、さらにはスリーグレイセス（「山の娘ロザリア」は音楽教科書に載った）、スリーバブルス（ミツワ石鹸のCMソングを担った）、スリーキャッツ（「黄色いサクランボ」で〽ウッフーンと唸った）、三味線鳴らして歌い騒ぐ〽わてら陽気なかしまし娘、対比してやや奥ゆかしくあるかトリオこいさんずなど、優れた先人たちの業績に学んで、われわれもまた元気いっぱい「トリオじいさんず」としてお座敷つとめてまいります。どちらさまも隅から隅までずいーっとよろしく願い上げます。

　野村『崔承喜考』は戦前川端康成に霊感をあたえた「半島の舞姫」から、戦後祖国の地で東と西、南と北の対立的統一を志してたたかい、20世紀芸術家の運命悲劇を生ききった一朝鮮女性の生涯と仕事の考察だ。筆者の学問と文体がこの本物の芸術家の大きさをどこまで造型できているか、ご覧いただければと思う。東アジアは今日おおきな転換点を迎えており、野村による人民芸術家崔承喜像の再構築は歴史的転換の内実を明らめんとする試行でもある。

　岩松『榕城家常雑記』『しめぢ帖・抜き書き』はわが国日記（紀行）文学の伝統に則って現代世界・日本と渡り合い、批判的対話をくりひろげる。筆者の学問的守備範囲あくまで広く、かつ深く、たとえば荷風『断腸亭日乗』なんかと対照的に、一貫して「私心」を捨てて、いってみればひたすら現在の「革命」の利益にのみという観点に徹して記録、観察、裁断がなされている点に注目せられよ。岩松日記は市井の一文化人の批評精神の生気はつらつ、明晰をあかし立てるドキュメントだ。

　金井『再訪1984』は1984年のある日再会した友と振り返ってみた「1968年革命」の愉快な日々を記録せんとする、「小説体の歴史」あるいは「歴史体の小説」という気持ちだ。基本、筆者の貧しい見聞にしばられた回想物だから、どう読んでいただけるか心もとないが、なんとか69年1月「安田講堂」攻防戦のところまでは書いてみる予定で、連載になりますがご容赦を。

　以上、2号について、蛇足的にしるす。　　　　　　　　　　　　　　（K）

執筆者紹介

野村伸一 (のむら　しんいち)

1949 年生まれ、東京都台東区上野桜木町育ち。

現在、慶應義塾大学講師（言語文化研究所）、原典講読担当。

近作に編著『東アジア海域文化の生成と展開　〈東方地中海〉としての理解』
（風響社、2015 年）。

岩松研吉郎 (いわまつ　けんきちろう)

1943 年東京うまれ。

慶應義塾大学名誉教授。福州大学外国語学院日語系客員教授。

日本語日本文学専攻。近業は俳句誌『都市』への「木々雑記」連載程度。

金井広秋 (かない　ひろあき)

1948 年生まれ。群馬県前橋市に育った。学生時代は学校新聞の編集にかか
わり、また同人誌「映画のおと」「文化同盟」の創刊にくわわった。作品に『死
者の軍隊』上下（彩流社刊。2015）『ボクちゃんの戦争』（「慶應義塾高等学
校紀要」1991）『黒田喜夫ノート』（「三田新聞」1970）等がある。元慶應義
塾高等学校教諭。

水曜日 東アジア 日本　〈2 号〉

2019 年 3 月 10 日　印刷
2019 年 3 月 20 日　発行

　　　　　　　　　　　　　　　野村　伸一
　　　　　　　　　著　者　岩松研吉郎
　　　　　　　　　　　　　　　金井　広秋

　　　　　　　　発行者　石井　雅
　　　　発行所　株式会社 風響社

東京都北区田端 4-14-9　（〒 114-0014）
Tᴇʟ 03（3828）9249　振替 00110-0-553554
印刷　モリモト印刷

Printed in Japan 2019 ©　　　　　　ISBN987-4-89489-402-0　C0021

発行にあたって

　その昔——1970年代なかばに、おなじ研究室仲間だった私たち三人は、60年代末からの昂奮と気焔をいかほどかは保存しようとしていた。周囲からは、爆弾三勇士ならぬ独断三勇士と、敬遠も蔑視もされていたけれど、それぞれ気にもかけず、しかしあれこれの折合をつけながら、教員・研究者の渡世にはいって四十年、この間前後して定年をむかえた。

　今や三老人は、年齢相応に、ときにビアホールで（たいてい水曜日に）会同し、しかし昔話はほとんどしない。かわらず生硬の経綸問答をかわす内に、花田清輝の55年前にいわゆる慷慨談式の内閉ではしょうもない、と（昔ながらの用語で）意志統一し、三人それぞれの、今日の東アジアとその中の日本にかかわる意見・異見、卓見・短見を、世間におしつけ・ひろめよう、ということにした。

　『老人の友』との題号案もあったが、三人はいわんとするところを単純にこのタイトルにあらわしている。「水曜日」は、単に上記の偶然による他、Wednesday が北欧かどこかの戦闘神に由来することにも多少かかわるだけで、週刊を全然意味しない。不定期に続刊される小雑誌である。

　賞詞・同意は誹謗・中傷と共にいらない。反論・批評は歓迎する。

2017年3月

岩松　研吉郎

金井　広秋

野村　伸一

（五十音 /ABC 順）